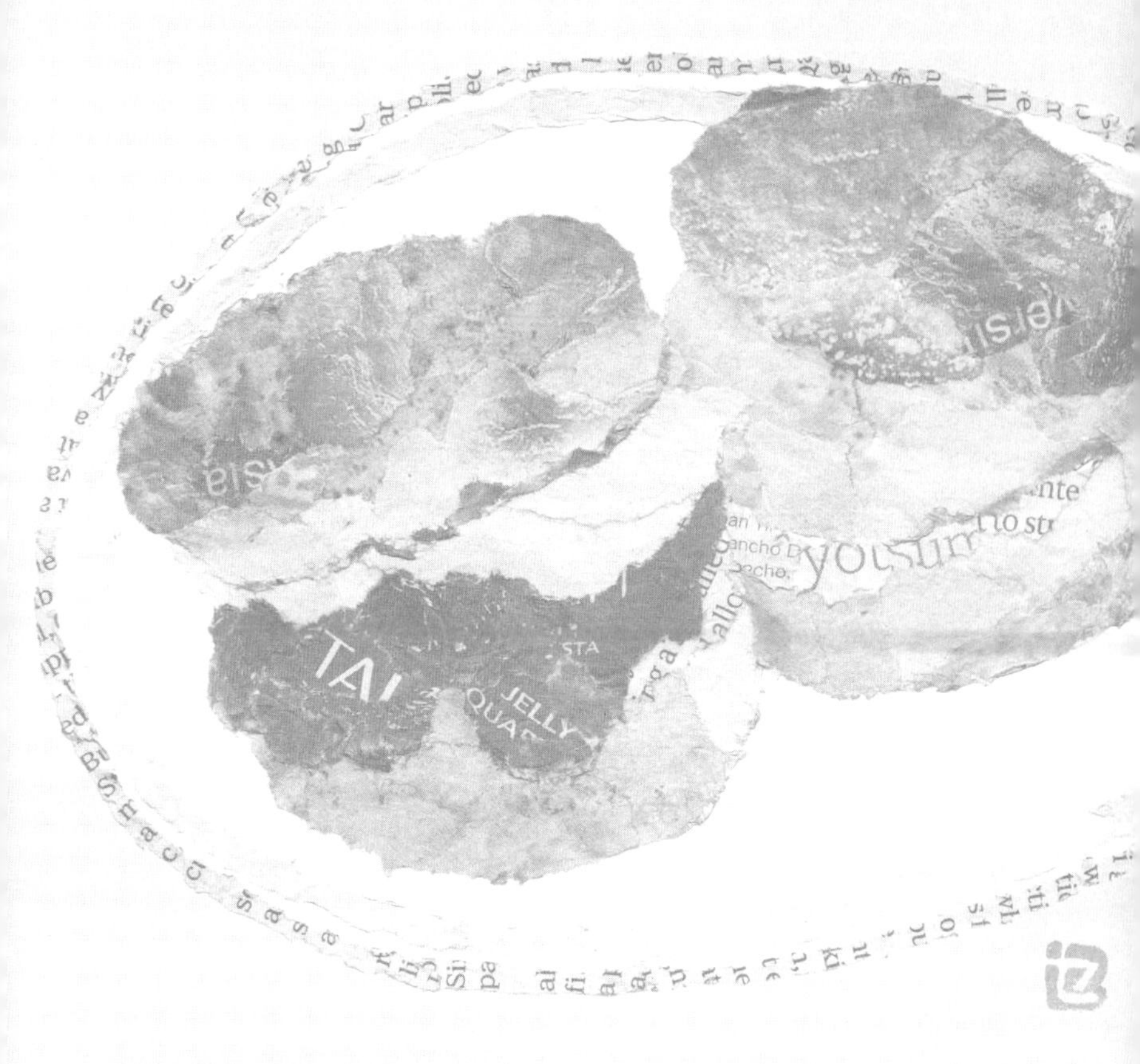

祖母姫、ロンドンへ行く!

湛野道流
Michiru Fushino

小学館

祖母姫、ロンドンへ行く!

Princess Grandma goes to London!

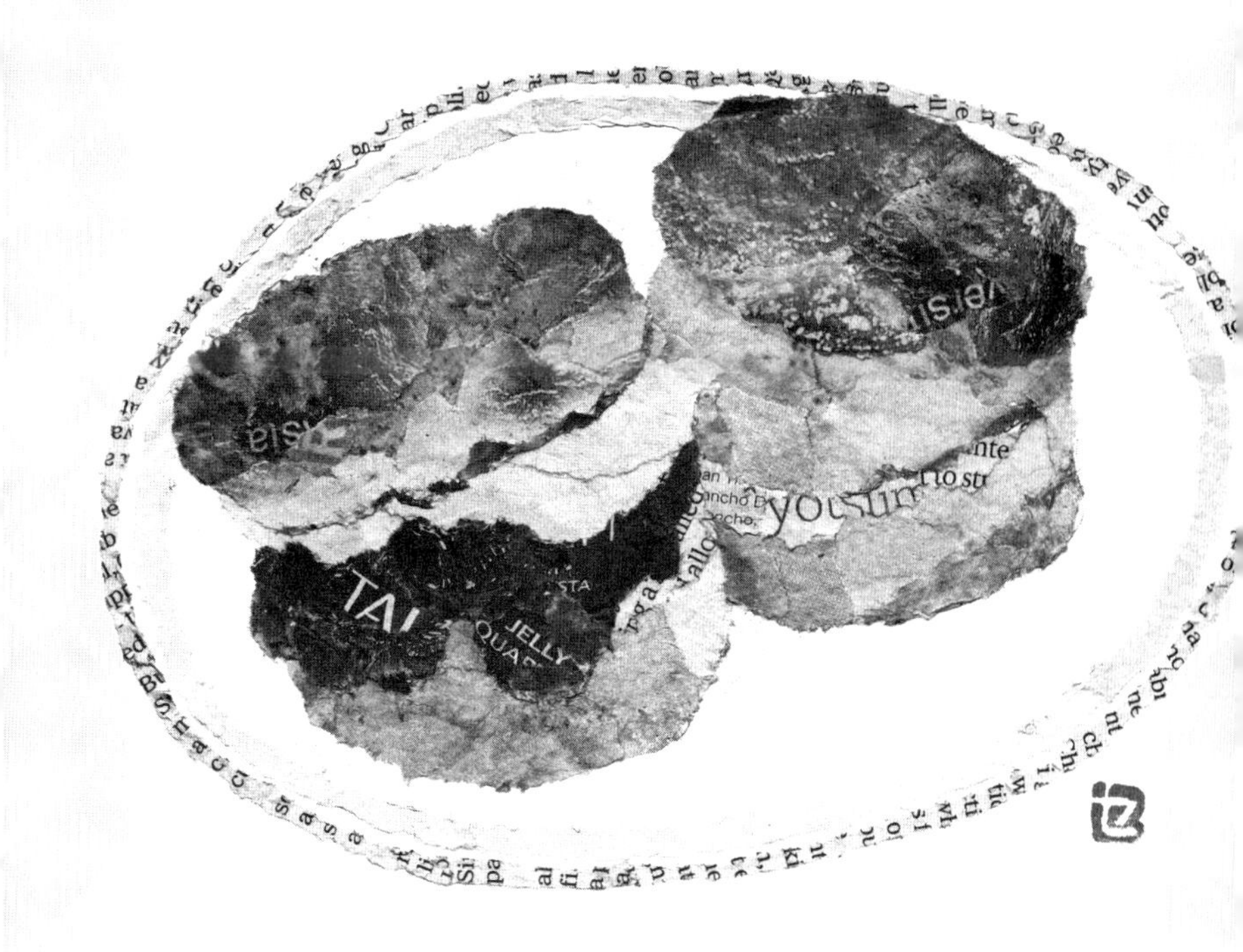

椹野道流

Michiru Fushino

小学館

Princess Grandma goes to London!

CONTENTS

装画
木村セツ

装幀
須貝美華

1 祖母、祖母姫となる

Princess Grandma goes to London!

もうずいぶん昔の話です。

当時、すでに八十歳を超えていた母方の祖母と二人きりで、ロンドンを旅したことがあります。

何故(なぜ)そんな事態になったかというと、お正月、親戚が祖母宅に集まったとき、私がイギリス留学中の思い出話を大人たちにせがまれたのが発端だった、はず。

年に一度だけの集いとはいえ、ひとしきり近況報告が済んでしまえば共通の話題もなく、きっとみんな退屈だったんでしょうね。

問われるままにあれこれ語っていたら、祖母がふと、「一生に一度でいいからイギリスに行きたい。お姫様のような旅がしてみたいわ」と漏らしました。

すると、それを聞いた伯父たちが、それなら資金を出すから私が連れていってやってはどうか……と言い出したのだったと記憶しています。

高齢者というのはたいてい何かしら気難しいところがあるものですが、祖母も典型的な

「プライドが高すぎるめんどくさい年寄り」であり、既にまあまあ認知症も進んでおり、扱いの大変さを知っている母や叔母は強く反対しました。

祖母が海外で体調を崩したりしたら大変、というのが反対の理由でしたが、今思えばむしろ、ひとりで祖母の面倒を見なくてはならない私を案じてくれたのに違いありません。

それなのに私ときたら、若気の至りともいうべき大らかさと、他人のお金でイギリスに遊びに行けるというよからぬ下心で「いいよぉ」とあっさり請け合ってしまいました。

祖母はたちまち有頂天になって、「私、イギリスに行くわ！」と力強く宣言。

その日から、祖母の「ロンドンお姫様旅行計画」が発動しました。

祖母は高齢な上にいくつか病を抱えており、これが人生最後の海外旅行になる可能性が高い……言葉にはしなくても、みんなそう感じていたはずです。

だったら、子としては母に、できる限りの贅沢(ぜいたく)をさせてやらねば。

「お姫様旅行」、上等じゃないか。叶(かな)えてやろう。

伯父たちはそう考えたのでしょう。

祖母の希望をフルに取り入れて練りに練られた五泊七日の旅行プランは、大変なことになっていました。

行き帰りは日本の航空会社のファーストクラス。

宿泊はロンドン中心部の五つ星ホテル。

祖母が喜びそうなアクティビティもしっかり手配済み。

さらに祖母からは、「一流のデパートで買い物をして、最高のディナーを楽しみ、お友達に自慢できるような素敵なものをたくさん見たい」という私に向けたリクエストも届いています。

え、え、えらいことになってしもうたー！

イギリスに住んだことがあるといっても、そんなハイクラスな過ごし方の経験など、私にはありません。

留学中、現地で銀行口座がなかなか開けず、「塩と胡椒はサンドイッチの具として成立するなあ」などとうそぶきながら暮らしていた女に何を期待してるねん……！

ちょっと無茶な役目を引き受けてしまったのでは？　と気づいたときには、もう後の祭りです。

仕事の合間に付け焼き刃であれこれと勉強をしているうちに、あっという間に秋になり、旅行に出発する日が来てしまいました。

空港には、私と祖母を自動車で連れてきてくれた両親だけでなく、地元在住の伯父伯母たちも勢揃いで見送りに来ていました。

そうか、うっかり飛行機が落ちたら、伯父伯母たちにとっては、これが母親との今生の別れになるんだな。

そんな物騒なことを考えつつ、祖母の旅支度を今いちどチェックして、まずは航空会社のカウンターにチェックイン。

大きなスーツケースを預けて身軽になってから、免税店に興味津々の祖母にお供します。

「あら化粧品、まあ、香水もあるの。素敵ねえ」

祖母は早くもお買い物モードです。

「お祖母(ばあ)ちゃん、買い物は帰りにしよ。行きに買っちゃうと荷物がえらいことになるから」

そんな忠告は聞いちゃいないのが年寄り。私の制止など、茹(ゆ)ですぎた素麺(そうめん)一本分くらいの力しかありません。

とにかく買うといって聞かなかった香水の会計を済ませ、さてと振り返ったら、祖母は仏頂面で、「待ちくたびれてしまったわ。お手洗いに行きたい」と仰せ。

申し訳ありません、お姫様。あんたの買い物や！

心の中で鋭くツッコミを入れつつも、トイレは火急の用。ライトナウ連れていかねば。

とはいえ、ここで普通に通路沿いにあるトイレにいざなおうものなら、道すがらの店にまた入ってしまいかねない祖母です。

どうしよう。あっ、そうだ、今日はあそこを使えるんだ！

私は少々気後れしながらも、ファーストクラス専用ラウンジに祖母を連れていきました。

さすが、シックで落ち着いた、高級感溢(あふ)れる空間です。

そこがいかにスペシャルな場所かを説明したら、祖母のご機嫌はたちまち直りました。スタッフの方々の気遣いも手篤く、祖母は出発寸前まで仮眠室で横になり、ゆったりと休息できることに。これは本当に助かりました。

私はといえば、勧めてもらったオレンジジュースなどを飲みつつ、「そうか、祖母はこのくらいのことでも疲れてしまうんだ。ということは、行程のすべてで、いつでも休める、できたらちょいと横になれるくらいの場所を見つけておかないといけないんだな」と悟り、早くも戦慄していました。

というのも、イギリス人（だけではなく、ヨーロッパの人たちはおおむねそんな感じかも）ときたら、とにかく猛烈に歩くのです。

留学先だったイングランド南東の街、ブライトンに住んでいた頃、「ちょっと散歩に行こうよ」と誘われて出掛けたら往復四時間の行軍、みたいなことはざらにありました。日頃は出不精の私ですら、かの国に行くなり、何故か滅多やたらに歩いてどこへでも行ってしまうようになります。

でも、今回だけはダメ、絶対。

さらに、あちらの人は、疲れたな～と思うと、カジュアルにその辺の段差に腰掛けて休憩してしまうのですが、それも祖母、もといお姫様には無理。

最低でも、公園のベンチ級のものであらねばなりません。

そうか、友達とイギリス旅行をするときは、「一分でも無駄にせず、色んな場所に行こう。とにかくたくさんのものを見て、美味しいものを食べて、めいっぱい楽しもう」と思うものですが、今回はそうじゃない。

祖母の体調を帰宅までいかに維持するかがメインミッションなのです。

昔の人も言っていました。「おうちに帰るまでが遠足です」と。

私の頭の中で、事前に考えていた充実観光プランがたちまち砂の城のようにさらさらと崩れ、風に吹かれて消えていきました。

まだ飛行機にも乗ってないのに。瓦解が早すぎるわ。

いえ、ここで必要なのは前向きな「よかった探し」です。

むしろスタート地点で気づけてよかった。今なら、いくらでもプランを立て直せます。

行き先を厳選して減らし、極力タクシーを利用し（バスや地下鉄は、揺れて転ぶと一大事なので）、一箇所での滞在時間を短めに設定し、なんなら宿に戻ってお昼寝をするための時間を作ろう。

そうそう、トイレも大事です。

階段などの足に負担がかかりがちなルートを使わずにたどり着ける、安全で清潔なトイレがどこにあるか、常に把握しておかねば。

もしかして、お年寄りに超現実的フレンドリーな観光マップを作ったら、けっこうビジネスチャンスになるんじゃない？　大変よ、これ。

それはとにかく、まずは、目前に迫ったロンドンまでの十二時間に及ぶフライトを、祖母が無事にクリアできるように気を配らなくては。

「搭乗までのご移動ですが、よろしければ車椅子をご用意……」

親切なスタッフの申し出に、私はやや前のめりに「よろしくお願いします！」と返事をしたのでした……。

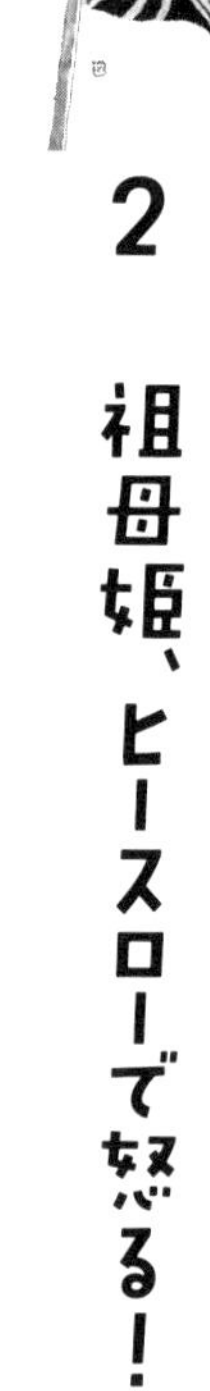

2 祖母姫、ヒースローで怒る！

Princess Grandma goes to London!

すげえな！

作家の語彙が最低限になる空間、それが旅客機のファーストクラスの座席でした。

もっとも、何十年も前の話です。

当時のファーストクラスは、今のように完全に横になれるゴージャス個室空間ではありませんでした。

せいぜい、大きくて座り心地のいい座席がフルフラットになるよ、という程度。それでも、ずば抜けて贅沢なことでした。

何より凄かったのは、機内食です。

四角いトレイに四角い器が細々と並べられ、バッサバサのパンとか、器の縁ではソースがガビガビに乾き、かたや添えられたご飯のほうはソースでブヨンとふやけたメイン料理とか、妙に美しく巻かれた状態で固まっている茶蕎麦とか、小さくて四角くて甘すぎるねとねとしたケーキとか、密封されたちょっぴりの水とか……私は、そういうエコノミー席の機内食を心から愛しているのですが、かたやファーストクラスの食事はどうかと言えば、ただの一流レストランでした。

だって、そもそもテーブルが大きい。

しかも、CAさんがそこにパリッとした純白のテーブルクロスを敷き、赤いバラの花を一輪置いていくところから、食事が始まるんですもの……（当時の話です。今どんな感じかは、知る由もないので）。

え、なに、貴族のパーティ？

食器は金彩が施された陶磁器、薄いガラス製のワイングラスは脚付き、カトラリーもかなり重量がある立派なものでした。

料理も一品ずつ運ばれるコース仕立てで、「和洋ご用意がございます、なんでしたら両方どうぞ」みたいな太っ腹仕様。

ソースは別容器で温めて仕上げにかけるそうで、全然カピカピしてない！

パンもあったかくてふっかふか。

えっ、ソースのカピカピはともかく、パンのパッサパサは、その気になったら回避できるんやん……！

そんな気持ちがこみ上げましたが、全員のパンをふっかふかにするのは、当時の機内設備では難しかったんだと思います。たぶん。

「お姫様」である祖母は、早食いの私にすれば気が遠くなるほどゆっくりと時間をかけてフレンチのフルコースを楽しみ、飽きたら片っ端から「美味しいから食べてみなさい」と言って私に押しや……下賜(かし)なされ（私も同じものを既に食べています）、CAさんのそれはそれは上手なエスコートでトイレに行き、座席を倒してもらい、枕と毛布までご用意いただいて、大満足で就寝しました。

なるほど。このレベルのサービスを、私もご提供せねばならぬのだ。

いや、現状の私ではとうてい無理なのでは？

何とかしないと、旅の最中に、祖母、私の至らなさに憤死するのでは？

焦りが募ります。

祖母が寝てしまって私が退屈したと思ったのか、CAさんは、「何かお持ちしましょうか？　映画でもご覧になりますか？」とやたら世話を焼いてくれました。

そこでこの機を逃すまいと、私は勇気を出して、CAさんに、「もしお時間があるようなら、私のためにホスピタリティ教室を開いてくださいませんか？」とお願いしてみました。

これからロンドンで、たったひとりで祖母の世話をしなくてはならないので、どうにも心細くて、と正直に打ち明けて。

「わたくしはロンドン到着まで、お二方のお世話が務めでございますので、喜んで」と、返答と笑顔からしてホスピタリティの権化のようなCAさんは、それから数時間、祖母を起こさないよう他の空席を使って、惜しげもなくプロの技を分けてくれました。

高齢の乗客に対して、注意して目配り気配りするポイント、サポートを申し出るタイミング、具体的にすべき介助。緊張やストレスをほぐすための話し方。

色んなことを教えてくれたあと、CAさんは、締め括りに私の目を見て、凛とした声で言いました。

「大切なのは、お祖母様には何ができないかではなく、何をご自分でできるのかを見極めることだと思います。できないことを数え上げたり、時間をかければできるのにできないと早急に決めつけて手を出したりするのは、結局、お相手の誇りを傷つけることに繋がりますから」

これは、旅の間だけでなく、医師として高齢の方々に接するときにも、今、自分の老親と付き合う上でも、いつも心に特大の額にして掲げている、私にとって大切な金言になりました。

「たくさんお勉強したので、お疲れでしょう」とアイスクリームなどを運んでもらって甘やかされ、私にとって、人生最初でおそらく最後であろうファーストクラスでの受講は、とても実り多く、興味深く、快適なものとなりました。

今も、あのCAさんには感謝しかなく、彼女を雇用していたというその一点で、私はこの先ずっと、あのとき利用した航空会社への愛着と敬意を失うことはないと思います。

　ずっと、彼女は私の尊敬する師のひとりです。


　祖母は結局、十二時間のほとんどをぐっすり寝て過ごし（食事のときになると何故かぱっちり目覚め、もりもりと食べていましたが）、ロンドンに到着したときは、元気いっぱいの気分爽快。

　ホッと胸を撫で下ろし、親切なＣＡさんに懇ろにお礼を言って、安らかな心持ちで飛行機を降りたのも束の間、次の試練が私たちを待ち受けていました。

　そう、入国審査です。

　たとえ列に一緒に並んだところで、ブースには空いた順にひとりずつ移動せねばならないのです。

　当然、私と祖母も、かなり離れた別々のブースへ行くよう指示されました。

　早く終わらせて、せめて祖母の近くで待機せねば……と気が焦るせいで、係官には、私の姿がなんだか落ち着きのない、怪しげなアジア人に映ったのでしょう。

　しかもパスポートには、イギリスとアイルランドのスタンプばかり。中には長期滞在もあって、まあ客観的に見ても怪しい怪しい。

　案の定、「今回は何しに来た？」「以前長期滞在していたときには何をしていたんだ？」

「今回はどこに何日滞在?」「現金は持ってきたのか?」「帰りの飛行機のチケットは持っているか?」と、警戒心丸出しの質問が次から次に飛んできます。

果ては、「観光なんて、これまででもう十分にしただろう」などと言われ始めて、私のソワソワは募るばかりです。

背後を振り返ると、英語はほぼわからない祖母のこと、鬼瓦のような形相で、無言のまま係官を睨(にら)みつけているではありませんか。

あああー。あかーん。

慌てる私に、ますます疑念を強めるこっちの係官。

「ちょっと君、別室に……」

と表情を険しくしたところで、たまりかねた私が「あの! あっちに祖母がいて。彼女は英語がまったくわからないので、何を言われているのかわからず困っているのです」と告げた瞬間、係官の顔色が変わりました。

「は!? 祖母!?」

「はい、あそこに。一瞬でいいんで行かせてもらえませんか?」

「どこ!」

腰を浮かせて、仁王立ちの祖母と、両手を上げて「おーい参ったね」という仕草のあちらの係官を見た彼は、突然、口うるさい親戚のような口調で小言を言い始めました。

「お祖母さんと一緒だって最初に言えばよかったんだよ！　どうして言わないの。言葉もわからないお祖母さんをひとりにするなんて、悪い子(バッド・ガール)だ。行きなさい早く行きなさい行ってあげなさい！」

スタンプをバンバーン！　と凄い勢いでついて、パスポートを私に突き出しながら、祖母のほうを指さす係官。

さすが、お年寄りにやたら優しい国、イギリスだなあ……と感心しつつ、ありがたくパスポートを受け取って、私は祖母のもとへ駆けつけました。

すると祖母、私を見て安心するどころか、もはや姫を通り越して女王様のような態度で言い放つではないですか。

「空港の職員なのに、なってない！　遠い国から来たお客様なんだから、きちんとわかるように相手のお国の言葉で話しなさいって伝えてちょうだい！」

嗚呼(ああ)……強い。この人、めちゃくちゃメンタルが強い。

自分が明らかに継承し損ねたつよつよのＤＮＡを痛感しつつ、私は仏頂面の係官に、「申し訳ありませんでした！」と平謝りしたのでした……。

3 祖母姫、イギリスと会う

Princess Grandma goes to London!

出発するまではずっと過剰だと思っていた、この旅への伯父たちの気遣い。

蓋を開けてみたら、まことに適切でした。

本当にごめん、そしてありがとう、伯父さんたち。

地下鉄でいいじゃん、なんて、ただの寝言でした。すみませんでした。

伯父たちが日本から手配しておいてくれたタクシーで、ロンドン郊外の空港から市内のホテルまで送り届けてもらう道中、私は心の中で何度もそう繰り返しました。

祖母ときたら、足元がおぼつかなくて、英語もまったくわからないのに、空港内で何かが気になると、そちらのほうへどんどん行ってしまうんですもの。

二人分の大きなスーツケースを運んでいると、迷走する祖母を大声で呼び止めることしかできず、しかもそれは何の効力も発揮しません。

祖母、もはや行動が三歳児。

松岡享子先生と加古里子先生の名作絵本『とこちゃんはどこ』を、こんなところでリアルに体験する羽目になるとは思いませんでした。

祖母の名前を書いたボードを掲げたタクシードライバーの登場に、私は泣くほどホッとしましたし、彼にスーツケースを託して、人混みに紛れそうになっていた祖母をギリギリのタイミングでひっ捕まえることができました（さっそく、店頭で一目惚れしたというストールを買わされました）。

ドライバー氏がいなかったら、祖母とは空港で早々と生き別れになっていたかもしれません。

天井が高く、広々としたロンドンタクシーの車内が、祖母はたちまち気に入りました。

さらに「タクシーの運転手になるには、物凄く難しいテストに合格しないといけないんだよ」などというありふれた蘊蓄に祖母はいたく感心し、安心もしたようです。

窓外に広がる空港近辺の牧歌的な風景に、「イギリスは意外と田舎なのね」などという失礼を軽やかにぶちかましつつ、イギリス初ドライブを大いに楽しんでおりました。

まあ、確かに意外なまでにカントリーサイドが広大で、それがかの国のとてもよいところなのですが。

一時間弱のドライブで、いよいよロンドン中心部にあるホテルにタクシーが近づくと、祖母は「どんなお宿かしらねぇ」と無邪気にワクワクさんでしたが、私はドキドキでした。

例のCA師匠から、「そのクラスのホテルでしたら、タクシーが横付けになったら、ドアマンがすかさず扉を開けてくれますし、ベルボーイに荷物を運ばせてくれます。そのときに……」という大切な教えを受けていたからです。

そう、チップ。

日本ではよほど上流階級の人々でなければ馴染（なじ）みのないあの習慣が、イギリスではあちこちでまだバリバリに存在していたのです。

一流ホテルに宿泊するのであれば、一流の客になるべく努めねばならぬ。特にチップはスマートに渡せるようにならねば、というのがCA師匠の教えでした。

私とて、イギリス在住の頃、色々な局面でチップを払った経験はあります。しかし、スマートな渡し方と言われると、かなり心許（こころもと）なく。

そこで、機内でやり方を教わって練習し、タクシーの中でもイメトレを繰り返しました。

大丈夫、できる！

タクシーが停（と）まると、なるほど、素敵な制服を着込んだおじさん……いや、かなりおじいちゃん寄りの恰幅（かっぷく）のいいドアマンが、これまた素敵な笑顔でタクシーの扉を開けてくれました。

彼はまず、祖母に手を貸してそろそろと車から降ろし、次に私にも手を差し出してくれます。

このとき、自分の手の中にあらかじめお金を入れておいて、彼の手を握ると……私が車から降りて手を離すとき、彼はお金をサッと指で掬い取り、流れるように上着のポケットへ。

そうすれば、我々の間でやり取りされるささやかなお金は、誰の目にも触れることがありません。

見事なまでにスムーズでさりげなく、無駄のない動きです。

なーるーほーどー！

ポケットから出したときには既に空っぽの手。その指をパチンと鳴らすと、若いベルボーイが飛んできて、私たちのスーツケースをタクシーから降ろし、ホテルに運び込んでくれます。

ドアマンは私にウインクして、祖母をそのままホテル内部へと恭しく誘導してくれたので、私は落ち着いてタクシー料金を精算することができました。

このドアマン氏とは、旅行中、毎日幾度も顔を合わせ、言葉を交わし、大いに助けてもらったので、チップできちんと感謝の意を形にできるシステムというのは、意外といいものだなあと思ったものです。

ホテルは、出入り口こそ驚くほど狭かったですが（一度にたくさんの人間がなだれ込めないようになっているのさ、セキュリティのためにね。ここにはやんごとなき方々がご宿泊になるから……とドアマン氏は後日、教えてくれました）、エントランスホールは思いのほか広々しており、豪華のひとことに尽きました。

何しろ、どっちを向いてもデコラティブな家具。

どこを見ても、何かが金色！

あちこちにある、存在意義がわからない神殿の柱みたいなもの。

ホールのど真ん中にある巨大な大理石の台の上には、これまた特大の花瓶。その中には数え切れないほどのバラが生けられています。

正直、目が眩みました。ベルサイユ宮殿か、ここは（行ったことはありませんが）。

祖母は、ドアマン氏にふっかふかの大きなソファーへ案内され、晴れやかな笑顔でどっかりと座っています。

何だろう、この度胸。マジで姫。

一方、キョドりまくる私を、フロントカウンターから出てきた男性スタッフが、

「チェックインの手続きはこちらで承ります、マダム」

と丁重に案内してくれました。

マダム！

それは、もしかしなくても私のことですね……!?

ここでは本当にお行儀良く振る舞わねばならんのだ……と痛感した瞬間です。

とにもかくにも、私と祖母のパスポートを提示したり、祖母のために特にお願いしたいものをお伝えしたりして、我々はようやくお部屋に入る権利を勝ち取りました。ほどなく、往年の名画「アナザー・カントリー」で見た伝統校の寮生のような、タキシードにカラフルなベストという正装の若い男性が迎えに来て、私たちを部屋まで案内してくれます。

どうやら彼が、私たちの部屋のサービスを担当してくれるようです。

とてつもなくクリーンな笑顔で挨拶をし、名乗ってくれたのですが、緊張のあまり覚えられず。たぶん、ファーストネームは「ティモシー」だったのだと思います。

彼が「ティムとお呼びください」と言ってくれたのをいいことに、私も祖母も、彼をずっとそう呼んでいましたし、結局フルネームを確認する機会はありませんでした。

ティムはごく自然に祖母に腕を貸し、初対面にもかかわらず、祖母の歩くスピードに完全に合わせて歩みを進めてくれました。

一流ホテルのバトラーというのは、こういうものか……と、最初からガツンと一撃食らった感じの私です。

部屋に到着し、彼から色々な設備やルームサービスについて説明を受け、そのあいだにベルボーイが荷物を運んできてくれて、慌ただしいひとときののち、ようやく我々は二人きりになりました。

伯父たちが予約してくれた部屋は、ジュニアスイート。

手っ取り早く言えば、ツインより少し贅沢で、スイートほど破天荒にゴージャスではない。そんな中途半端な位置づけの客室です。

実際、部屋は期待したほど広くはありませんでした。

調度品も派手派手しくはなく、「まあ、豪華だねえ」と冷静に評価できる程度。ソファーの張り地などは、パステル系で少し可愛い感じさえします。

立派な暖炉がありますが、暖房は他にあるので、ここに火が入る機会はもはやないでしょう。大理石のマントルピースの上には、いささかひょろっとした蘭の鉢植え。

窓からは、通りを忙しく行き来する人々の姿が見えますが、眺望というほどのものはありません。

ふむ。何もかもがずば抜けて素晴らしいわけではないのが、かえっていいかもしれません。むしろ抜け感があって、落ち着ける感じがします。

これならさほど緊張せずに、普通にくつろぐことができそうです。

早くもふかふかのベッドに大の字になった祖母は、開口一番、「あの素敵な男の人と、何を話していたの？　ずいぶん話が弾んでいたわね」とチェックを入れてきました。

「んー？　日本の兵庫県から来たってもう知ってるから、神戸ビーフや姫路城の話をしてくれたよ。ちゃんと下調べしてるんだね。いかにも一流ホテルって感じ！」

と私が答えると、祖母は何故か微妙に不満顔。

「どうしたん？」

訊ねると、祖母は私をジロリと見て言いました。

「私のことは？」

「は？」

「風格があるから、宮様が来たんじゃないかとか思ってなかった？　驚かせてしまったんじゃないかと思って心配していたの」

不覚にも、私は絶句しました。

何だ、この自己肯定感の塊みたいな人物は。

お祖母ちゃん、自己評価高すぎない!?

いや、それより私は、どう答えるべきなんでしょうか。

これが友達や親なら、「思ってへんわ！」と即座に渾身のツッコミをぶちかますところですが、ここは一流ホテル、目の前にいるのは老婆だけど姫。

いわゆるマジレスは避けたいところですが、かといって嘘はつきたくない。

短い葛藤ののち、私はギリギリ嘘ではない、彼が口にした言葉を復唱しました。

「威厳のある、素敵なご婦人ですね、って言ってた」

「まあ！　やっぱり短い時間でも、よく見てる人には気品が伝わるのねえ！」

祖母、たちまちご満悦。

ふう、どうにか切り抜けたぜ。

しかし、額の汗を拭う間もなく、ご機嫌な祖母は、歌うように次々とリクエストを繰り出してきました。

「まずは楽な服装に着替えたいわ」

「喉が渇いた。お紅茶？　それもいいけど緑茶が飲みたいわ、何か甘いものはないの？」

「疲れたから、お夕飯はここで食べたいわねえ。何が食べられるか調べてちょうだい」

「そうそう、やっと靴を脱げたことだし、足を揉んでちょうだい」

ウワー、要求の玉手箱や〜！　と心の彦摩呂さんが叫ぶ中、私は、小間使いのようにくるくるとお世話に奔走するのでした。

とはいえ、祖母が自分から「夕食はホテル内のレストランがいい」と言ってくれたのは、私にとっても幸いでした。

何しろ予約はさっきのティムに内線電話で告げればすぐですし、祖母の苦手食材も彼に伝えておけば安心。

祖母が食べられる量を把握するにも、よい機会でした。

ただ、エントランスホールがああだったので予想はしていたのですが、ホテルのメインレストランは、さらにゴージャスでした。

もう、どこを見ても宮殿です。

ロビーより金色が増量され、テーブルではドレスアップした素敵な人々が和やかに歓談しながら料理を楽しんでおり。

紳士淑女の社交場、というフレーズが頭を駆け巡ります。

レストラン自体はそう広くないのですが、壁面にズラリと鏡を仕込んであるので、視覚マジックで広大なホールのように見える仕掛けが施されています。

とにもかくにも、我々は窓際のテーブルに案内され、大きな判型のメニューをそれぞれ渡されました。

祖母にコース料理は重すぎるので、とりあえずアラカルトで食べたいものを注文することにしたのですが、あらかじめサービス担当氏に「彼女は高齢であまり量が食べられないから、ハーフサイズにできますか？」とお願いしておきました。

おかげで、祖母が食べたがった生牡蠣（なまがき）もステーキも、ごくさりげなく小さなポーションにしてもらえて、大いに助かりました。

と思ったら、祖母、「生牡蠣がとっても美味しかったわ！　お代わりを頼んでちょうだい！」と。

マジか……！

まさかの「生牡蠣、ロッシーニ風ステーキ、そして生牡蠣に戻って、デザートはパス。

チーズを一口と、お紅茶だけいただこうかしら」という超変則オーダーになり、私はとても焦りました。

しかしレストランスタッフは、「私たち自慢の牡蠣を気に入ってくださって嬉しいですよ」と、叶姉妹のような微笑みで鷹揚に応じてくれました。

たぶん、やんごとなき方々の無茶振りに慣れていて、そんなことくらいは屁みたいなもん、というやつだったのだと思います。

今なら私も冷静に、いやむしろ笑って対応できると思うのですが、なにぶん、当時は若くて、圧倒的に経験不足でした。

四角四面で世間体を気にする、つまらない若造だったなあ……。

どうにか無事に夕食を済ませ、しばらくお部屋でくつろいでから、今度は祖母の入浴に手を貸します。

髪を乾かしてあげ、浴槽周囲の後片付けをして、さて、とバスルームを出ると、寝間着姿の祖母は、既にベッドに潜り込んでいました。

忍び足で近づいてみると、聞こえてくるのは健やかな寝息。

祖母は服用している薬のおかげもあり、いったん寝入ると六時間くらいはピクリともせず眠る、と事前に情報を得ています。

私は、深く頷き、ベッドから離れました。勝手に頬が緩みます。

よーし。よしよし。祖母は寝た。

ならば、ここからは私の時間だ！

変っ！　身っ！

私は終日着続けていた窮屈なスーツをぽいぽいと脱ぎ捨てると、このあと何度となくそう呼ばれる「バッド・ガール」に姿を変えるべく、静かに素早く着替え始めたのでした。

4 秘書孫、バッド・ガールになる

今回の旅行の目的は、祖母姫にロンドンをめいっぱい楽しんでもらい、元気に帰国、いや、帰宅させること。

それはわかっていても、私だって、せっかくのロンドン、自分の時間がほしい！

ロンドン在住の友人たちと会いたいし、遊びたい！

でも、祖母が起きているうちは一秒だって目が離せない。

それは、日本を発って今までの一連の出来事で、痛いほど理解しました。

ならば、祖母の就寝後、ホテルを抜け出すしかありません。

いいや、抜け出さないと、私のメンタルが確実に死にます。

祖母を守るためには、まず私が自分を守らねば。

行こう。行っちゃえ！　後悔先に立たず、ならばゴー！

若さというのは恐ろしいもので、私はロンドン到着当日から、祖母に内緒の夜遊びを始めました。

さすがに、祖母が寝続けると聞いている六時間をフルに使うのはリスキー過ぎるので、私に許される自由時間は、おそらく四時間程度でしょう。一分たりとも無駄にするわけにはいきません。

ホテルの格式に気を遣い、ジーンズこそ避けましたが、カジュアルかつそこそこ個性的な服装で外に出た私を、くだんのドアマン氏は訝しそうに見やり、「マダム、タクシーは?」と訊ねてくれました。

「いいんです、またあとで！」とあからさまに浮かれて駆け出す私。

怪しまれていることはわかっていても、気にしてなんかいられません。

待ち合わせ場所のパブで、懐かしい在英時代の友人たちに会って、互いの近況を語り合って。

パブでは、順番に全員分の飲み物を買いに行くのが暗黙のルールなので、四人集まれば最低四杯は飲むことになります。

友人たちは、涼しい顔でビールを四パイント（一パイントが五六八ミリリットルなので、二リットル超えですね！）飲み干し、私はみんなが「やっぱり、いつものやつ」と笑うアップルタイザーを四本。

今、考えると総カロリーに震えますが、パブのもくもくした煙と喧騒の中で飲むアップルタイザーの不思議な美味しさ、爽快さといったらなかったのです。

パブが閉まったら、いちばん近くに住んでいる友人宅にみんなで集まって、ジャンクなお菓子を食べながら、また飲んで喋って。

結局、ホテルに戻ったのは、祖母就寝から約五時間後の午前二時過ぎでした。

さすがにドアマン氏はもうおらず、フロントでも特に咎められることなく鍵を受け取り、素知らぬ顔でおやすみなさいの挨拶を交わして部屋へ向かいます。

ドキドキしながら部屋に入ったのですが、長時間の移動で疲れているせいか、祖母は高いびきをかいて熟睡中。

セーフ！

私はホッと胸を撫で下ろし、楽しかった時間の余韻に浸りながら、できるだけ音を立てないように寝支度をして、祖母の隣のベッドに滑り込みました。

欠伸をする間もなく眠りに落ちたようで、瞬きしたくらいのつもりがもう朝。

祖母は「時差ボケ？　何なのそれは」くらいのシャキッと感で、既に起床していました。

「お腹が空いたわ。朝ごはんに行きましょう！」

私をせき立てつつ祖母が選んだ服は、華やいだ心をそのまま映したような、明るい色合いの小花模様のワンピースでした。

私はといえば、昨夜着ていた服はクローゼットの奥底に押し込め、何の変哲もない地味な色とデザインのスーツに着替えます。

いざ、朝食会場へ。

昨夜、ディナーをいただいたメインダイニングに現れた我々を見たときから、ホテルスタッフの私に対する態度が微妙に変化したように感じられました。

勿論(もちろん)、物腰は丁重なままですし、祖母をケアしていると、誰かがすぐシャッと来て手を貸してくれるところも変わりません。

ただそのとき皆が、決して祖母に見えないように、「大変だね〜」というようなウィンクやおどけた表情をしてくれるようになったのです。まるで、私が彼らの仲間の一員であるかのように。

あー、なるほどなー！

私は悟りました。

母方の祖母なので、我々は名字が違います。

さらに、私の顔はどちらかといえば父方の要素を寄せて固めた感じなので、祖母と私はまったく顔が似ていないのです。

そこへもってきて、昨夜の私の外出。

カジュアルな服装で飛び出し、あからさまにタバコ臭くなって（私は吸っていませんが、パブにいるだけで当時は死ぬほど燻(いぶ)されました）超ご機嫌で帰還したため、遊んできたのはバレバレです。

おそらく、私の夜遊びの件はしっかりと朝のミーティングでスタッフ全員に共有され、彼らはこう考えたに違いありません。

「間違いない。あの二人、金持ちの老婦人とその秘書だわ。そして秘書はなかなかのバッド・ガールだわ」と。

違うよ、グランマとかわいい孫だよ〜、とさりげなく正しい情報を提供しようかと思ったのですが、いや、待てよ。

これは、誤解されておいたほうが、色々とやりやすいのでは？

一流ホテルのスタッフみんなが、「気難しいカスタマーにお仕えする仲間」として扱ってくれる今の状況、望んでも経験できないレアなケースなのでは……？

むしろ、この誤解はおいしい。

そんな考えが頭にスパーンと浮かび、私は彼らの勘違いをありがたく受け入れることにしました。

よし、この旅のあいだ、私は祖母に仕える若くて経験の浅い秘書のロールプレイに徹しよう。

でっかいメロンを半割にして、種を取った真ん中のスペースに苺をたんまり盛りつけるというとんでもなく素朴ゴージャスなメニューをビュッフェテーブルで見つけ、大喜びでうまうま食べている祖母を見ながら、私はそう決心しました。

孫ではなく秘書だと思えば、祖母の無茶振りにも仕事としてクールに対応できる気がします。

たぶん、気がするだけですが、気は心とも言うので！

朝食を済ませていったん部屋に戻ると、ティムがさっそく挨拶に来てくれました。

「朝食はお楽しみになれましたか？　今朝は要らないと仰せでしたが、モーニングティーをご希望ならいつでも仰ってください。ベッドまでお好みのお茶やジュースを、新聞を添えてお届けしますからね。今日はどちらへ？　何か手配すべきことがあれば……」

昨日、「滞在中はあなたがたのバトラーです」と言ってからというもの、本当に細やかににこやかに世話を焼いてくれる彼も、私にだけ聞こえる小さな声で、「Strong tea を飲みましたか？　あなたには必要でしょう」と言って、チラッと綺麗で悪い笑顔をくれました。

わかりやすく翻訳すると、「お前夜遊びして眠いだろ、カフェインがんがん摂っとけよ」です。

「ご心配はノーサンキューです。三時間寝れば何とかなります」

ヒソヒソと返事をした私に、ティムは少し驚いた顔をしてから、「今夜もお出掛けになるなら、せめてタクシーを。ドアマンが心配していましたよ」と囁きました。

ああ！

そういえばドアマン氏には、夜の街に徒歩で飛び出していったきり会っていないのでした。

もしかしたら彼はずっと、私が無事に戻ってきたかどうか、退勤後も心の片隅で気にかけてくれていたのかもしれません。

「ごめんなさい。そうします」

そう言うと、ティムは「お返事は、どうぞ彼に」と早口に言ってから、祖母にも快活に声をかけました。

「マダム、よくおやすみになれましたか？　昨夜は当ホテル自慢のダイニングをお楽しみいただきましたが、今夜のディナーは如何なさいますか？」

これはティムに限ったことではないのですが、このホテルのスタッフは、まったく英語が通じないとわかっていても、皆さん、祖母に用事があるときは、必ずちゃんと祖母に話しかけてくれました。

「どうせ本人には英語が通じないんだから、最初から秘書に話したほうが話が早いじゃん」

そんな時短発想は、彼らのサービスにはないのです。

祖母に用事があるときは、祖母の顔を見て、祖母に話す。

それを私が横で聞いて、素早く通訳するのを、彼らは待ってくれます。

私が翻訳した彼らのメッセージを聞いた祖母もまた、ごく自然に彼らを見て日本語で返します。

それを私が今度は英語にして彼らに伝え、そうやってちゃんと当人同士でコミュニケーションがなされるわけです。

その都度、通訳ロボと化す私が大変ですが、でもこれは、とても当たり前で、とてもいいことだと思いました。

「どうせわからないんだから」「どうせ伝わらないんだから」「どうせできないんだから」と、悪気がないとしても、つい誰かを蔑ろにしてしまうことがある自分を、このときのことを思い出すたび、大いに反省します。

「お祖母ちゃん、今日のお夕飯、何食べたい？　レストラン、ティムが予約してくれるから、何かリクエストがあれば……」

私が彼の質問を翻訳すると、祖母は元気に答えます。

「昨夜の生牡蠣がとっても美味しかったから、今夜は他のレストランでも食べてみたいわ！」

生牡蠣フィーバー、まだ続いとったんかい！

呆れたり感心したりしつつ、私はティムに伝えました。

「今日は大英博物館を見て、いったんお部屋に戻って休憩して、フォートナム・アンド・メイソンでショッピングの予定です。あと、ディナーは、生牡蠣が美味しいお店を希望しています。カジュアルな店よりエレガントな店が好みです」

生牡蠣お代わりの件もきっちり申し送りされていたらしく、ティムは破顔して、「我々の牡蠣がロンドンで一番ですと言いたいところですが、同じくらい素晴らしい牡蠣を出すいい店が近くにあります。予約を入れておきましょう。昨日と同じ時刻でいいですか?」と、テキパキと手配をしてくれました。

そして、我々が出発するとき、エントランスまで祖母をエスコートしてくれながら、彼は私にさりげなくこう言いました。

「ミス○○(私の本名です)、当ホテルのゲストでいらっしゃるからには、このロンドンで、ひとりぼっちで解決しなくてはならないことなど何ひとつありません。困ったことがあったら、必ずお電話を」

そしてひと呼吸置いて、「おひとりのときもですよ?」と念まで押して。

幸い、祖母関係では、そこまでの困ったことは一度も起こらなかったのですが、こう言ってもらえたおかげで、私がどれほど心強かったことか。

そして、ティムの言葉が決して社交辞令でないことを、私は後に知ることとなるのです。

5 祖母姫、ロンドン塔で大ハッスル！

Princess Grandma goes to London!

最晩年、視力が低下し、何もできなくなって認知症が急速に進んでしまうまでは、祖母はとても多趣味な人でした。

そしてその趣味がことごとく雅でした。

茶道、華道、謡、小鼓、人形作り、懐石料理、寺社仏閣巡り、能・歌舞伎鑑賞、骨董品蒐集……。

そう、祖母はとにかく美しいもの、豪華なもの、優雅なもの、伝統的なものが好きだったのです。

当然、ロンドン観光も、そうした祖母の美学に添うものでなくてはなりません。

美しいものが、嫌いな人がいて……？　どころではないのです。

美しいものしか許しまへんえ、という過激派なのです。

知っていたつもりで、まだそれを本当の意味で理解できていなかった私は、最初の目的地、大英博物館で途方に暮れる羽目になりました。

重厚な建物こそ大いに気に入ったものの、誰もが興味津々のはずのミイラ部屋も、誰もが見たがるはずのロゼッタ・ストーンも、誰もが呆れるであろう「エジプトから並外れて巨大なものをガンガン持ち帰りました」コーナーや、豪快に引っぺがしてきたギリシャの神殿の壁も、ことごとく祖母の興味の範囲外。

「干物や石ばっかり見せられてもね……」

いやいや、そんなざっくりした評価する人いる？

「なんだかゴチャゴチャしたところねえ。せっかく建物はいいのに。もういいわ、次へ行きましょう」

ええっ、もういいんですか!?

むしろゴチャゴチャしてへん博物館を私は知らんのやけど!?

ものの一時間弱であの広大な博物館に見切りをつけてしまった祖母とは対照的に、私は一週間だって大英博物館に通い詰めたいほうです。

どのフロアで何を見てもワクワクできるので、その感動と興奮を祖母とまったく共有できないことに、私は観光ツアーしょっぱなから大きなショックを受けました。

大英博物館をろくすっぽ見ないうちに去るだなんて、まさに後ろ髪を引きちぎられる思いでしたが、とにかく祖母が好みそうな他の場所を、急遽(きゅうきょ)見つけなくてはなりません。

祖母のご不浄待ちをしながら、私は必死でガイドブックのページをめくりました。

今ならスマホでささっと検索できそうなものですが、当時はそんな便利なガジェットはなく、とにかく観光ガイドと地図と自分の記憶が頼りだったのです。

ナショナル・ギャラリー……は、他の日に行く予定だからダメ。

テートはおそらくモダンすぎて、祖母のお好みではなさそう。

ロンドン動物園……いや、掠りもしない気がする。水族館、論外。

自然史博物館……今度は「骨と干物と石と瓶詰めばっかり見せられてもねえ」と言われるに決まっています。

シャーロック・ホームズ博物館……ホームズに興味が微塵もなさそうだし、そもそも狭くて急な階段が祖母には厳しい。

どうも私の好きな場所は、だいたい祖母の好みにはそぐわなそうです。

唯一、ヴィクトリア&アルバート美術館なら……あ、いや、ちょっと待って。

さっき、ジュエリーのコーナーだけは、けっこう真剣に見ていたっけ。

だったら……そう、断然、あそこだわ。

たぶん祖母には、大量の素晴らしいものより、選び抜かれた数少ない至宝のほうが、インパクト大でよさそうな気がします。

トイレから出た祖母と共にタクシーに乗り込み、私が向かったのは、テームズ川沿いにあるロンドン塔でした。

所要時間は十分ほど。飴玉など舐めながらの小休止には打ってつけの移動距離です。

メジャーな観光地のひとつですから、たくさんの人が来ていました。

無料で入れる(といっても、基本的に無理のない金額を寄付するのが不文律です)施設がいくつもあるロンドンで、こちらの入場料はちょっと躊躇うお値段ですが、この際、スパッと払います。

特に何の下調べもしていない祖母は、ロンドン塔を見て、「これはどなたのお城なの? エリザベス女王?」と訊いてきました。

仕方なく、ここはいわゆる監獄として使われた場所で……と正直に教えると、祖母の顔色が変わりました。

まあ、そうですよねー。

「どうしてこんなところに? 刑務所なんて見てどうするの!」

ぷりぷり怒り始めた祖母に、私は簡潔に説明しました。

ここは祖母が思う刑務所とは少し趣が違っていて、監獄だったことは確かにありつつも、それ以前は国王の居城であり、今も宮殿のひとつという扱いであること。

動物園が併設されていた時代もあること(動物のオブジェが今も迎えてくれます)。

たくさんの高貴な人々がここに囚われ命を落とした、歴史の悲哀とロマン溢れる場所であること。

そして何より……王室秘蔵の素晴らしい宝石や王冠を見学できる施設があること！

ずっと憮然としていた祖母ですが、最後の情報に、たちまち目を輝かせました。

「まあ、エリザベス女王の王冠もあるの？　他の宝石も見られるの？　世界で二番目に大きなダイヤモンドが王笏に？　どこ？　早く見たいわ！」

せっかちかー！

あの人気ドラマ「相棒」の主人公、杉下右京がキレるときくらいマッハでテンションをぶち上げた祖母は、「クラウン・ジュエルズ」と名付けられた、いわゆる宝物館の展示品に大はしゃぎしました。

「エリザベス女王の戴冠式はね、うちの人と映画館で見たのよ。テクニカラーと当時は言って……そう、この王冠、あの王笏よ、間違いない！」

ガラスケースの中の目が眩むような宝石たちに引けを取らないくらい、祖母の目はピッカピカに輝いていました。

祖母にとっては「凄まじく価値のあるジュエリー」に「若き日の、亡き夫との楽しい思い出」もプラスされて、とても特別な感慨があったようです。

何しろ、戦後のまだまだ色んなことが大変な中、「遠くの国のうら若きプリンセスが、初々しくも堂々たる女王様になる」というおとぎ話のような映画で見た王冠と王笏が、今、目の前にあるのですから。

物語が現実世界とリンクする瞬間は、いつだって素敵なものです。祖母の興奮も、十分に理解できます。

「あのときのエリザベス女王の美しさと気品といったらなかったのよ。王冠を載せたら折れてしまいそうに細くて長いお首でね……今はすっかりお婆ちゃんだけど」

それはあんたもや。

切れ味のいいツッコミを賢明にもゴクンと飲み込み、私は祖母の思い出話にただ黙って耳を傾けました。

うっとりしながら、ガラスケースからガラスケースへと、痛む足のことなど忘れたようにすたすた歩を進めていた祖母は、ハッとした様子で私を見ました。

「ここのことは、帰ったら必ずお友達にお話ししなくちゃ。パンフレットを手に入れておいてちょうだい。それから宝石の写真も……えっ、撮っちゃダメなの。ケチね！　絵はがき？　そうね、それはいい考え！　どっさり買っておいて。お土産に差し上げたいわ」

すべて姫のお望みのままに。

まだ夢見心地でカフェの座席に落ち着いた祖母が、ランチ代わりの紅茶とケーキをのんびりと楽しみ、足を休めている間に、私は祖母が喜びそうなお土産を求めて売店を彷徨います。

ロンドン塔の観光パンフレット、有料ですが、日本語版がありました！　やった！

絵はがきは、これでもかというほどたくさん用意されていました。

祖母が欲しがった「クラウン・ジュエルズ」のものだけでなく、縁起が悪いと嫌がった、ロンドン塔名物のツヤッツヤの美しいカラスの絵はがきも買っておきます。

土産話の幅は、広いほうがいいに決まっているので！

あと、展示されていた王冠をモチーフにした、ハンドタオルを一枚。

年齢のせいで、食事のときにちょっとした「お零し」をしがちな祖母なので、ナプキン代わりにいいかな、と。

特に頼まれてはいない買い物でしたが、帰国後、祖母は外食のたびにそれを持参し、誇らしげに膝に広げていたので、おそらくとても気に入ったのだと思います。

「もう、あれこれ大変やんか〜」

ぼやきながらも、ようやく祖母の求めるものが理解できた安堵感に、私の頬は緩みました。

しかし、これで祖母を理解した気になっていた私の自信は、ほどなく木っ端微塵に砕かれてしまうのでした。おそらく読者の皆様が予想なさったとおりに！

6 祖母姫、ハロッズで囲まれる

Princess Grandma goes to London!

ロンドン塔を（ごく一部）満喫したあと、予定どおりホテルに戻った我々は、部屋でしばし休息しました。

祖母は、日本にいるときと同じように、一時間ほどお昼寝を。

このお昼寝習慣、私には「時間が勿体(もったい)ない！」というジタジタ感がありましたが、これを毎日続けたおかげで、祖母も元気に旅を続けることができたように思います。

そういえば、旅行の計画が持ち上がったのはお正月だったのに、実際に旅に出たのは秋。何故そんなに時間が空いたかといえば、私の仕事のスケジュールがなかなか調整できなかったこともありますが、いちばんに、旅行によい時期を待っていたからです。

徐々に日没が早くなり、夜はけっこう冷え込むものの、祖母が活動する朝から夕方にかけては、ぽかぽかから肌寒いくらいの比較的過ごしやすい気温でした。

それでも八十代女子には、見知らぬ国というだけでも十分過ぎるほど消耗する環境だったことでしょう。

祖母が妙に険しい顔でぐっすり寝ている間に、私はホテル最寄りのスーパーマーケットに行き、自分用のお安い紅茶や、祖母が時々欲するおやつ用のバラ菓子を買い込みました。さらにドラッグストアに寄り、硬水が肌に合わず乾燥して痒いという祖母のための保湿クリームや、持ってくるのを忘れた爪切りを買い……。

休息するんじゃなかったのかって？　ふふ、この手のお買い物は、魂の休息、命の洗濯というやつですよ。

ついでに赤くて可愛い公衆電話ボックス（今となっては懐かしい響きですね）に入って、昨夜とはまた別の友人に連絡し、今夜の待ち合わせ場所と時刻の確認も済ませます。

さて、目覚めた祖母が、日本から持参した梅干しを齧り、煎茶を飲み干すのを待って向かうことにしたのは、イギリスでもっとも有名な百貨店のひとつ、「ハロッズ」でした。

本当は、ホテルから近い「フォートナム・アンド・メイソン」へ行く予定だったのですが、祖母が「お菓子や紅茶を買うのは後にしましょ。それよりデパートがいいわ」と言うので、予定を変更したのです。

くだんのドアマン氏に行き先を伝えると、すぐに待機していたタクシーを呼び、目的地をドライバーに伝えてくれます。

昨日や今朝と同様、祖母がタクシーに乗り込むのに優しく手を貸したドアマン氏は、次いで私が乗り込む前に、いささか渋い顔で耳打ちしてきました。

「バッド・ガール、寝不足は大丈夫かい？　ハロッズでは会計のたびに、このホテルに宿泊していると言いなさい。買ったものを全部まとめて届けてくれるからね」

そんな便利なシステムが？　と驚く私に、彼はさも当然といった様子でこう付け加えました。

「奥様は杖をお使いにならないのだから、その分、君が両手をフリーにして、お世話して差し上げないと。そうだ、ハロッズで杖の誂えをお勧めするのもいいんじゃないかね？　お気に召したら使ってくださるのでは？」

わー、もしや千里眼の持ち主!?

たった一日弱で、ドアマン氏は、足が不自由なのに杖を使いたがらない、祖母の意地っ張りな気性を見抜いていました。

そして、杖を好まない本当の理由も、彼にはうすうすわかっていたようです。

杖をつくのが格好悪い以上に、杖自体がお洒落でない、美しくない。

それが祖母の言い分でした。

でも、イギリスは紳士の国。

かつて紳士の必携アイテムであったステッキの売場へ行けば、お洒落で高品質なものがあって、祖母の好みにそぐうかもしれません。

このホテルのスタッフは、よってたかって私に知恵を授けてくれるので、滞在中、何度となく助けてもらいましたが、これもまた素敵な助言でした。

タクシーの中で、「せっかく王室御用達のハロッズに行くんだから、そこで素敵な杖を買うってのはどう？」と提案すると、祖母も大いに乗り気になったのです。

「そうね、お友達に会うとき、パッと目を引く杖を持っていたら、みんな羨ましがるわね。脚が悪いからじゃなく、お洒落で持っていると思われたいわ」

羨ましがられる前提！　ベリーベリーポジティブ！

でも、杖より先に、祖母には日本を出る前から、ハロッズで必ず手に入れたいアイテムがありました。

オーバーコートです。

しかも、重い外套は祖母にはつらいため、カシミア一〇〇パーセントの、薄くて軽くて、それでいて暖かいものを彼女は欲していました。

ただ、祖母は小柄なので、ハロッズよりは、むしろ当時ロンドンにあった三越で買い求めたほうが、日本人の体型に合ったものが手に入るのではないか……と、私は現実的なアドバイスをしたのですが、祖母はキッパリとそれを拒みました。

「ロンドン三越にはいずれ行きたいけれど、日本の百貨店ではなく、イギリス随一の百貨店でコートを買いたいのよ！　そのほうが記念になるでしょう」

ふむふむ、なるほど。何となく、気持ちはわかるような気がします。

長い歴史を感じるハロッズの格式高い建物に、祖母はまず、「デパートはこうでなくっちゃ」という満足の表情。

中へ入るなり漂う香水の匂いに、早くも興味津々の彼女を、まずは第一の目的を果たすべく、やや強引に婦人服売場へと連れていきます。

ハロッズは巨大な百貨店なので、寄り道などしていたら、オーバーコートを選ぶ前に、間違いなく祖母の体力気力と集中力が枯渇してしまうからです。

たまたま売場に他のお客さんがほとんどいなかったので、店員さんたちが集結して、とても親切に祖母のフィッティングを手伝ってくれました。

案の定、コートはどれもサイズ、特に袖丈と着丈が祖母には長すぎたのですが、きちんと採寸し、仕立て直して日本まで送ってくれるそうで、たちまち問題解決。

あとは、軽さとデザインと色です。

私なら、二、三着試したところで店員さんにお手数をかけるのが申し訳なくなり、つい妥協してしまいます。

でも祖母はまったく遠慮なく、「見たときはいいと思ったけど、着てみたらイマイチね。こんなものなら、どこにでもあるでしょう。次はそれを持って来てちょうだい。それからあっちのも。もっと軽いのはないの？　これじゃ肩が凝ってしまうわ」と、目についたものを片っ端から持ってこさせ、袖を通していきます。

私の母くらいの年齢層の店員さんたちは、皆さん少しも嫌がらず、私が通訳する祖母のリクエストに真剣に耳を傾けてくれます。

彼女たちは、祖母の希望に合いそうなコートをどんどん持ってきて、「この色はちょっと顔映りがよくないわ」だの、「襟のデザインが少しメンズライク過ぎるかしら。この方にはもっとエレガントな襟元がいいわ」だのと、討論まで始めてしまいました。

途中から私が通訳しなくても、言葉ではない何かが祖母と店員さんたちの間で共有され始めたらしく、身振り手振りと表情で、だいたいの意思疎通が出来ている模様。

少し離れたところで、私はただただ感心して彼女たちを見ていました。

祖母の「何がなんでも、ここでいちばん自分に似合う特別な一着を見つけるのだ」という情熱は、言語の壁を越えて店員さんたちに伝わり、彼女たちのやる気とプライドに火を点けたようです。

プロ店員とプロ客の真剣勝負ともいうべき、互いのガッツ燃えさかるコート選びを見ていると、なるほど、買い物とはスポーツであったか、という感慨すら湧いてきます。

ついに祖母が「これよ！　これがいいわ！」と言ったときには、広い試着室にコートの山が築かれていました。

衣類なのに、つい、死屍累々と表現したくなるほどの有様です。選ばれなかったコートたちよ、安らかに眠れ。

鏡の前で祖母が誇らしげに着込んでいたのは、上品なキャメルカラーのコートでした。

えっ、あんだけすったもんだして、結局それ？　普通過ぎん？

いいえ、さすが祖母が選び抜いただけあって、「普通」などではありませんでした。

デザインこそ、「そんなん日本でも買えるやん」と言いたくなるようなシンプルな一着ですが、特筆すべきは裏地だったのです。

裾が翻ったとき、見た人がちょっとドキッとするような、アプリコット色の光沢のあるサテン生地。

華やかで明るくて、でも決して下品ではない、絶妙なさじ加減の色合いです。

そう来たかー！

「どう？　派手過ぎるかしらね？」

少し不安げに祖母が訊いてきたので、私は「まあ、派手っちゃ派手だけど、いかにもロンドンで買ったって感じだよ」と応じました。

自分では絶対に選ばない感じの裏地だったので、返答のエッジが鈍いのは許してほしいところです。

リーダー格の女性店員さんは、「お歳(とし)を召した方は、華やかな色を身につけたほうがよいと思います。お似合いですよ」と祖母に言ったあと、少し考えてこう言いました。

「本当に素敵です。ただ……ご本人はとてもお気に召しているので、あなたにお訊ねするんですが、ボタンが目立ちすぎると思いませんか？　もう少し控えめな色とデザインのものに交換することを提案してもよろしいでしょうか。あと、襟も一回り小さくしたほうが、お体とバランスがいいように思うのです。どう思われますか？　日本の方の感覚は、私たちと違うかもしれませんから」

そつがない……！　客観的な意見も求めてくるプロフェッショナル魂に、私は驚きつつもやっぱり真剣に考え、「仰るとおりだと思います」と答えました。

無論、それは改めて祖母に伝えられ、祖母も「言われてみたらそのとおりだわ！」と感心しきり。

「お直しが済んだら、素敵にラッピングしてお送りします。ちょうどコートが大活躍する頃に、お手元に届きますよ。日本で楽しみにお待ちくださいね」と、最後まで素敵な言葉で見送られ、「さあ、次は杖ね！」と張り切る祖母を、まずはティールームに。

祖母の大好きなアイスクリームはなかなかの大盛りなので、二人でシェアすることにして、あとは何といっても紅茶がマストです。

熱いミルクティーと冷たいアイスクリーム。いささか歯の神経にはハードですが、とても美味しい組み合わせなのです。

注文を済ませると、祖母はまだ興奮冷めやらぬ様子で身を乗り出してきました。

「さっき、何を話してたの？」

「は？」

「最後のほう、店員さんと話し込んでたでしょう」

「ああ、だからボタンとか襟とか、その辺の話」

「それだけ？　私を見る店員さんの目に、敬意を感じたんだけど！」

そりゃまあ、あんだけ粘る客も珍しいだろうから、ボクサーが対戦後、心ゆくまで殴り合った相手に抱くリスペクトみたいなものは感じたんじゃないですかね……と思いつつ、「そーお？」と曖昧にかわそうとした私に、祖母は鼻息荒く一言。

「日本の羽織に、ああいう派手な裏地を楽しむ文化があるのよ！　チラッと見えた裏地で、それを着ている人がお洒落かどうかがたちどころにわかってしまうの」

「ほほう」

「それをオーバーコートに応用した私に、あの人たちも服のプロだから、きっと感動したはずよ。日本から、何て綺麗で上品でお洒落なお婆さんが来たんだろうって言ってたんじゃない!?」

言うとらーん！

さすがにそれは言うとらん！

嘘はつけないので、何か……何か彼女たちが口にした、祖母を褒める言葉はなかったかと、私は脳内を必死で検索します。

ええとええと……あっ、見つけた！

「そうだ。ボタンと襟の話の前に、ちょこっと言ってた」

「やっぱり！　何て？」

「高齢者ほど、ああいう華やかな色を身につけたほうがいいんだって。お祖母ちゃん、髪が真っ白だから、あの裏地の色が凄く映えるって言ってたよ」

「まあ、この髪に目を留めるなんて、やっぱり一流デパートの店員さんは、さすがねえ！」

祖母、たちまち大満足スマイル。

ふう、今回もどうにかこうにか切り抜けたぜ……。

啜(すす)ったミルクティーがことのほか美味しかったことは、言うまでもありません。

祖母はある年齢から髪を染めるのをやめ、今流行(はや)りの「グレイヘアー」をほぼ最後まで通しました。

グレイどころか、雪のように真っ白な髪をパーマでふっくらさせているさまは、確かに見事で美しかったことを、今、懐かしく思いだしています。

旅から帰って一ヶ月後に届けられたオーバーコートも、お洒落のこと、いえ、あんなに自慢しまくっていたこの旅のことが脳から綺麗さっぱり消え去ってしまうまで、祖母はずっと大切に、堂々と着続けていました。

あのあと、やはり店員さんたちを巻き込んだ大検討会の末にセミオーダーした杖も、お出掛けのときの自慢の種だったようです。

あのコートと杖、貰っておけばよかったな。まさに、後悔先に立たず、というやつです。

と、しみじみしたところで、帰り際、「有名な場所だからちょっと覗こうよ」と、「フードホール」つまり、ハロッズが誇る巨大な食品売場を覗いたときのことまで思い出してしまいました。

世界じゅうの食が集うめくるめく空間で、「ここでも今度、お土産のお菓子を買いましょう！」と目を輝かせた祖母、まさかのオイスターバーを目敏く発見、止める間もなくすかさず着席。

どうして高齢者、こういうときだけ、こちらの想定の五倍速で動くんでしょうね。

「夜に生牡蠣が美味しいレストランを予約したやんか〜」

などという私の言葉は華麗にスルーされ、祖母はここでも一ダースの生牡蠣に挑戦したのでした。

結局、二日間で三ダースの生牡蠣をペロリと平らげた祖母、「ハロッズがいちばんよかったわ！」と旅行から帰ってもずっと言っていました。

どこも美味しかったけれど、やはり目の前で、白衣に縦縞のエプロンという独特の服装をしたハンサムな店員さんが、見事な手つきで牡蠣の殻を開け、「さあどうぞ、マダム」

と人懐っこい笑顔で差し出してくれる……あのライブ感が、とてもよかったそうです。

「カウンター席なんて滅多に座らないんだけど、お勝手でつまみ食いをしているみたいで、たまにはいいわね」

ちょっとはしたない買い食いをしているような顔でそう囁いた祖母の笑顔は、少女めいてとても可愛らしかったことを、ちゃんと思い出せてよかったなあ……と、今、嬉しい気持ちでいます。

7 祖母姫、平安女子を語る

「おはよう、バッド・ガール。昨夜はちゃんとタクシーで帰宅したようだね。今後もそうしてほしい」

ホテル滞在三日目の朝、ドアマン氏に挨拶をしたら、笑顔でそんな言葉が飛んできました。

このホテルのスタッフミーティング、マジで情報の共有が完璧すぎるのでは？ どうやら、私が夜遊びに出掛けた時刻も帰った時刻も、毎度、スタッフ全員にきっちり把握されている模様です。

しかも昨夜のお出掛け先は、我等(われら)がバトラー、ティムにあらかじめ報告してありました。

「あなたに何かあっても、行き先さえわかっていれば、我々に打てる手があるでしょうから。煩わしくても、教えていただきたいのです」

そう言われたら、「予定は未定です」なんて言えるはずがないじゃないですか。

携帯電話は存在していても、海外で使うなんてことは夢のまた夢だった時代、「前もって相手の居場所を知っておく」ことは、今よりずっと重要事項だったのです。

何だかすっかり品行方正で予定調和なバッド・ガールになってしまったなあ、と思いつつも、まったく嫌でも鬱陶しくもありませんでした。

何故なら、介入の程度が絶妙だったから。

行き帰りはタクシーを使うようにと注意されたり、行き先を訊ねられたりはしても、「何をするのか」「誰と会うのか」とスタッフに詮索されたことは、一度もなかったのです。

相手のプライバシーにどこまで踏み込むか、彼らの中では、きっちり線引きができていたのだと思います。

その上で、ちょっとした「お節介」をしてくれるのが、私にはくすぐったく嬉しいことでした。

たとえば、深夜に部屋に戻り、さて寝支度を……と、脱いだ服をまたクローゼットの奥に隠そうとしたとき、私は気づいたのです。

昨夜着ていたタバコ臭い服が、洗濯され、きちんとハンガーにかけられていることに。

しかも、ちょっと奇妙なのです。

食べこぼしのシミがついたので、朝、ティムに「クリーニングをお願いします」と託しておいた祖母のワンピースのほうは、こざっぱりしたカバーがかけられた状態でクローゼットに戻されていましたが、私の服のほうは、そうではなく、むしろ実家で母が洗濯してくれたときのような……。

ハンガーには、二つ折りのメモがテープで留められています。開いてみると……。

「お帰りなさい！　着ていた服はビニール袋に詰めて、扉の外に出しておいてください。心配しないで、僕らの『ユニフォーム』を洗濯するとき、ついでに一緒に洗っておきますから。僕がお仕えしているレディに、タバコ臭い服でお出掛けさせるわけにはいきません」

ティム〜!!

ちょっと気取った文面から、あのスマートでクリーンな笑顔が思い浮かんで、私は思わず涙目になりました。

この、「宿泊客、だけど僕らと同じ側」という共感に根ざしたスタッフの優しさに、滞在中、私は無限に助けられました。

まだ若くて、高齢者と暮らした経験もなく、心身共に日々衰えていくつらさを理解どころか想像すらできなかった当時の私は、祖母の唐突で支離滅裂、しかもこらえ性のない言動に、ひどく困惑したり苛立（いらだ）ったりしたものです。

そうしたとき、いつも優しくさりげなく祖母に手を差し伸べてくれるスタッフは、たとえそれが「仕事だからしていること」だとしても、私にとっては素晴らしいお手本でした。

口頭で注意されるのは夜遊び関連だけでしたが、それ以外のときも、彼らは祖母を積極的にサポートすることで私の負担を軽減しつつ、同時に「こういうときは、こうしてあげればいいんだよ」と教えてくれていたように思います。

その日の予定は、「ナショナル・ギャラリー鑑賞、館内のカフェで軽くランチ、昼過ぎにはホテルに戻って早めのお昼寝、ミュージカル『オペラ座の怪人』の昼公演鑑賞、余裕があったらお買い物」というものでした。

まずは私が大好きなナショナル・ギャラリーへ！

案の定、ナショナル・ギャラリーで祖母が興味を示したのは、レオナルド・ダ・ヴィンチの「岩窟の聖母」くらいのものでした。

日本での仰々しい「特別展示」しか知らない祖母にとっては、かの有名なゴッホの「ひまわり」も、モネやレンブラントの名画も、あまりにもさりげなく置かれているせいで、ありがたみが薄かったのかもしれません。

ただ、天井が高く立派なホールに、巨大な絵が堂々と展示されているそのさまには、祖母は度肝を抜かれていました。

「どのお部屋も、壁紙の色が素晴らしかったわね！　ああいうのは、日本ではなかなか見かけないわ」

今朝も、半割メロンと山盛りの苺という大好きなメニューを平らげたため、お昼はごく軽く……と、それでもレーズン入りの大きなスコーンを半分、むしゃむしゃ食べながら、祖母はそんなことを言いました。

壁紙？　この名画が集う空間で、壁紙見てはったん!?

意外過ぎて驚きましたが、言われてみれば、確かに。

部屋によってはただのプレーンな白い壁だったりするのですが、多くの部屋には、色とりどりの壁紙が使われています。

重厚なえんじ色も、爽やかなグリーンも、控えめな植物の意匠も、そこに敢(あ)えて注目してみれば、とても個性的で美しい色合いのものばかりです。

祖母の美意識アンテナは、ジャンルによって精度にばらつきこそあるものの、ありとあらゆるところに張り巡らされているのだな、と実感した瞬間でした。

そして、何よりここで祖母の心を捉えたのは、展示室の片隅で椅子に座り、静かに室内の様子を見回している係員の女性でした。年齢は四十代くらいでしょうか。

いわゆる監視係のその人は、小柄で痩軀(そうく)で、暖かそうなストールを膝に掛け、黒縁のちょっと野暮ったい眼鏡の奥の目を和ませ、ずっと微笑んでいました。

監視というより、ここに集った人々が絵画を楽しむさまを、自分もまた嬉しく見守っていることがよくわかる表情です。

祖母だけでなく、私もまた、感じのいい人だなと思いました。

世界中から様々な人が訪れるので、絵画に対するアプローチも、やはり色々です。

悪気はなくても、作品に顔を近づけすぎたり、手を伸ばして無邪気にフレームに触ろうとしたりする人も中にはいます。

そういう人たちの心を傷つけたり嫌な思いをさせたりしないよう、美術鑑賞を楽しんでいる他の人たちも動揺させないよう、温和な笑顔でやんわりと注意する態度は、この上なくエレガントでした。

注意で始まった会話を必ず「ご協力ありがとうございます。楽しんでくださいね」で締め括るのも、とても素敵で。

特に、絵の前に張られたロープをくぐって遊んでいた五歳くらいの男の子に対する彼女のアプローチが、祖母の心をガッチリ摑(つか)みました。

彼女は男の子にゆっくり近づき、床に膝をつくと、彼と同じ視線の高さで、祖母にもわかるシンプルな英語でこう呼びかけたのです。

"Be a little gentleman!"、「小さな紳士であれ」と。

男の子はハッとした様子で背筋を伸ばし、すぐに再びロープから手を離して、女性の前に立ちました。

女性はニッコリして、「ご協力ありがとうございます」と丁重に礼を言い、男の子と握手を交わして、元の席に戻ります。

男の子もまた、誇らしげに母親のもとへと向かう……その光景に、祖母は大いに感激したようでした。

「英国紳士は、ああやってつくられていくのね。どちらも素晴らしかったわ」

「確かに、あの女の人はとても素敵だった。日本だったら『ダメでしょ！』とか『やめなさい！』ってまず叱りつけるところなのに。それに、男の子にも、『紳士』っていう概念が既にあったよね。あんなにちびっ子なのに」

お茶を飲みながら私が同意すると、祖母は厳めしい面持ちで言いました。

「私も、『小さな武士であれ』って言って、うちの男の子を育てるべきだったかしら」

そう言えば、祖母の実家は武家の家柄と聞いています。

今は貫禄たっぷりな伯父たちが、いとけない子供の姿で「小さな武士」であろうとちんまり板の間に正座している姿を想像してしまい、私は思わず噴き出しました。

「それはそれで可愛いな！　でもその場合、ガールズはどうなるん？」

「そうねえ……」

祖母は少し考え、こう答えました。

「小さな清少納言であれ」

なんと、ここで平安スーパー強気女子が来た……！

「なんで清少納言？　紫式部とか……そう、美人で有名な小野小町とかじゃないん？」

すると祖母は、真っ直ぐに私を見て言いました。

「持って生まれた美貌はなくても、その気になれば、女性はどうにかこうにか綺麗になれるの。小野小町でなくても、努力でそれなりにはなります」

オウフ。

何故私は、ロンドンくんだりまで来て、しかもナショナル・ギャラリーの大好きなカフェで、突然心臓をざっくり刺されているのでしょう。

祖母は続けてこう力説しました。

「紫式部は勿論優れた人だけど、やっぱり清少納言よ。落ちぶれていく主に忠義を尽くしたわけでしょう。しかもあんなサバサバして面白い文章を書いて、寂しい主を慰めて支えたんだもの。その生き方こそが美しいわ！　本当の美人ていうのは、そういう人のことを言うんです」

あれっ？

なんだか、これまで私が把握していた祖母の美意識とは、ちょっと毛色の違うパーツが浮かび上がってきたようです。

好きよ、そういう考え方。

それは初めて、「この人、私の祖母だわ」と実感した瞬間でありました。

しかし祖母は、「お前のことなどわかっている」と言いたげに私をじーっと見て、いきなりこう付け加えたのです。

「小説を書いて食べていくんなら、そういう書き手になりなさい。有名になりたい、褒められたい、売れたい……そういう欲はグッと抑えて、何より、誰かの心に寄り添うものを書きなさい。自分のためだけの仕事は駄目よ。たとえ売れたとしても、儲かったことより、たくさんの人の心に触れられたことをこそ喜んで、感謝もなさい」

うわー。

今度は別方向からグッサグサに刺されて返す言葉もない私に、祖母はもうケロリとした顔つきになり、スコーンの欠片だらけのお皿を見下ろしてこう言ったのでした。

「このスコーンっていうのは、工夫が足りない食べ物ねえ。まずくはないけど、もう少し潤いがあるほうが食べやすいって、誰だって思うでしょうに。イギリス人は古いものを大切にするっていうけど、改善と進化のほうも頑張るべきだわ！」

あ、いや、やっぱりこのつよつよ遺伝子だけは、私はまったく受け継いでないなあ……。

「スコーンは、紅茶を美味しくいただくために存在するお菓子だからさ。そういう意味ではたぶんパサパサなのが正しいと思うんだよね。潤ったスコーンはもはやスコーンじゃないし……はい、とにかくお茶飲んで、自前で潤して」

何故か縁もゆかりもないスコーンを弱々しく擁護しつつ、私は祖母のティーカップに、イギリス流になみなみと紅茶を注いだのでした……。

8 バトラー、祖母姫をもてなす

Princess Grandma goes to London!

ロンドンで上演されるミュージカルは数多かれど、やはり劇場のクラシックな美しさ、音楽と筋書きのわかりやすい素晴らしさにフォーカスすれば、「オペラ座の怪人」がダントツではないでしょうか。

私自身も十代の頃から何度も見てきた大好きな演目のひとつなので、祖母にも自信を持って薦められます。

そんなわけで、お昼寝を済ませて元気いっぱいの祖母と共に、私はタクシーで「ハー・マジェスティーズ劇場」へ向かいました。

二度の火災と再建を経て、一七〇五年からずっと同じ場所に存在し続けている劇場なのだと出がけにティムから聞いていた祖母は、劇場のエントランスに入るなりこう言い放ちました。

「ロンドンにおける、京都の南座のようなものね！　南座のほうがだいぶ歴史は長いけれど。何しろあちらは、慶長年間に……」

お、おう。

日本最古の劇場を比較対象に持ち出すとは、さすが歌舞伎好き。

まさかこの劇場で、南座のルーツともいうべき出雲阿国の興行について語られるとは思わず、私は若干戸惑いながら、祖母の話に相づちを打ちます。

ここでも、エントランスホールの天井の装飾が「お寺みたいで落ち着いた美しさがあったわね」と、祖母は独特の観察眼と審美眼を発揮していました。

さらに予約時、祖母の足が不自由なことを伝えておいたら、とてもアクセスしやすい席が用意されていて、その配慮の手篤さにも、祖母は感動しきりでした。

「バーが急階段の先の、とても混み合った空間だから」と、飲み物までスタッフが祖母の希望を訊いて運んでくれ、何かと特別扱いが大好きな祖母姫、もはや上演前からテンションがクライマックスです。

興奮しすぎて途中で寝るん違うか……と心配しつつ見守っていましたが、それは杞憂でした。

最初から最後まで、祖母のおめめはぱっちり！

それもそのはず、ロンドンの「オペラ座の怪人」は、メインキャストのコンディションにかなりばらつきがあり、それを毎度力業でねじ伏せている……という印象だったのですが、その日は、怪人もクリスティーヌもラウルも、みんな絶好調だったのです。

加えて、事前にストーリーを場面ごとに分け、かなり丁寧にレクチャーしておいたので、英語が一切わからない祖母でも、舞台上で何が起こっているか理解でき、楽しめた模様。

幕間に売りにくるアイスクリームを当然のように買って食べる間も、祖母はずっと、

「何もかもが素晴らしいわ！　役者さんだけじゃなくて、オーケストラの音もいい。演奏前に、指揮者の方がちょっと顔を出して、こちらにご挨拶してくださるのがチャーミングね！　劇場の音の響き方もいい。大きなシャンデリアだって、この劇場以外で見ても、本当の美しさは伝わらないでしょうね！」

と、私が合いの手を入れる暇もなく、マシンガンのように賛辞を繰り出していました。

めちゃくちゃ大好きになってるやん！　よかった！

何しろ「趣味は全身全霊でやってこそ」がモットーの祖母、能も謡も一流の専門家に師事して真剣に学んできたため、うっかり耳が肥えてしまって、あらゆる歌舞音曲に厳しいところがあります。

幼い日、ピアノの発表会に来てくれた祖母に「あれでよく人前で弾けること」というシビアな評価を喰らったトラウマがあるだけに、私は内心ハラハラしていたのですが、喜んでもらえて本当に安堵しました。

しかも、祖母がもっとも注目したのは、舞台に上がる若きダンサーたちを厳しく指導し、闇に潜む怪人の秘密にも通じている、マダム・ジリーという役柄でした。

黒髪をきつく結い上げ、禁欲的な黒衣を纏い、注目を集めたいときにはステッキで床を打つ。いつも厳めしい顔つきをして、背筋をピンと伸ばして胸を張り、高圧的な物言いをする……そんな彼女に初見で目を留めるとは、さすが祖母です。

実際、いつ、どこで「オペラ座の怪人」を見ても、マダム・ジリーには、とびきりの実力派がキャスティングされているように思います。

地味だけれど、厳格さ、強さ、恐ろしさと同時に、教え子たちを導き見守る優しさ、思いやり、怪人に対しての愛着や嫌悪、葛藤、苦悩など、複雑な心情を表現しなくてはならない、怪人と並ぶほど難しい役どころです。

「あの黒い服の女の人が、この舞台の要石ね。あの人が軸になって、その周りをみんなが自由に動き回っているのだから、あの人がしっかりしていないと、この舞台はダメになる」

それが祖母のマダム・ジリー評で、私は仰天してしまいました。

その着眼点、指摘、あまりに鋭すぎる。

有り体に言うと、それは、「偉そうで我が儘で厄介な婆さん」であった祖母を、「頭の中に莫大な記憶と知識を詰め込んだ、偉大な人生の先輩」と認識し直した瞬間でありました。

「さすがだなあ」

思わずそう言った私に、祖母は澄ました顔で、「ミュージカルは初めてだけれど、色んな舞台を見てきましたからね」と胸を張り、そしてこう言い出しました。

「そうそう、忘れないうちにハロッズに電話してちょうだい」

「ハロッズに？　なんで？」

訝る私に、祖母は厳めしく一言。

「昨日注文したステッキのデザインを変更してもらって。あの人みたいなステッキがほしいわ」

おいおい、天下のハロッズに、マダム・ジリーのキャラクターグッズを作らせようとすんなー！

とはいえ、言い出したら聞かない祖母のこと、私は大急ぎでハロッズの売場に連絡し、親切な店員さんに、しどろもどろの説明でオーダー変更をお願いすることになったのでした。

帰国後に届いた杖を、祖母がマダム・ジリーよろしく、威厳たっぷりの得意顔で使っていたことは、言うまでもありません。

この日は夜にもうひとつビッグイベントが予定されていたので、我々は買い物をやめにして、終演後はまっすぐホテルに戻り、次の外出に備えて休憩することになりました。

「淹(い)れ方(かた)を学んできましたので、今日はこちらをどうぞ！」

そう言って、我等がバトラー、ティムが張り切って美味しいお煎茶を用意してくれたので、祖母も私もビックリ。

茶器もティーカップではなく、きちんと日本製の茶托と湯呑みを使っていました。

「日本では、これが伝統的なお茶菓子と聞き、用意しました。疲れが取れるそうですね。ときに、僕も先ほど試食したのですが……恐縮ながら、これは、本当に……お菓子、なのですか？　ソフトなドライフルーツと思いきや、たいへん……そう、センセーショナルな風味でしたが」

おそるおそるの口調でそう言いながら、美しい小皿にちょんと盛ってティムが出してくれたのは、なんと大粒の梅干し。

祖母が日本から持参した小粒のカリカリ梅と違って、見るからに南高梅。ふっくらした立派な梅です。

もしかしてハチミツ漬けかな、とちょっと齧ってみたら、さにあらず。

健康志向の昨今、日本でもなかなかお目にかかれないような、しっかりした塩分濃度の古典的な梅干しでした。

「お茶菓子とお茶請けはちょっと違う」

というのを咄嗟に英語でどう表現していいかわからず戸惑うわ、すぐさま口に入れたそれが予想以上に酸っぱかったらしく、口がマンガみたいに「＊」の形になっている祖母が面白いわ、ティムも試食して同じ口になったと思うと滅茶苦茶可笑しいわで、私の情緒はとても忙しいことになりました。

でも、旅程も折り返し地点を過ぎ、祖母と私が疲れているだろうと、お国の味でリフレッシュさせてくれようとしたティムの気持ちはとても嬉しく。

私は彼に心からのお礼を言いました。

「凄く美味しいです。ありがとうございます」

実際、濃いお煎茶と梅干しで、胸のあたりがすうっと整った気がします。

しかし祖母はといえば、美味しそうにお茶を飲みながらも、ティムに向かってこう言いました。

「お茶も梅干しもとっても美味しかったわ。でも、こういうときのお茶請けには、そうね、お干菓子……ううん、それより羊羹なんかがいいと思うのよ。日持ちがするし、切る厚みを変えれば、人数の調整もしやすいし」

私は、通訳を躊躇いました。

だって、せっかくの心遣いに対して、そんな頼まれてもいないアドバイスはちょっと。

ですが、私の表情から躊躇を読み取ったらしき祖母は、やけに厳しい面持ちで、今度は私に言いました。

「本当に感謝しているなら、具合の悪いことをそのままにしてはだめよ。そりゃ勿論、梅干しを喜ぶ人もいるでしょうけど、甘味のほうが無難でしょ。次に日本からお客さんが来たとき、この人が恥をかかないように、優しい思いやりがちゃんと報われるようにしてあげるほうがいいと思うわ」

ああ、確かにそれは一理あります。

ただ、ティムが気を悪くしないかなあ……。

祖母がきつい口調で「伝えてちょうだい！」と促してくるので、私はしぶしぶ、羊羹についてティムに話してみました。

すると……。

注意深く私の話に耳を傾けていたティムは、特に怒るでもなく残念がるでも恐縮するでもなく、ただ自然に平静に納得してくれました。

「やはり、これはお茶菓子とは別のものだったのですね。お茶菓子にはヨーカン……もしやそれは、ビーンズプディングのことでしょうか？」

そう問われ、私はポンと手を打ちました。

ビーンズプディング！

そういえば、できたばかりの東京ディズニーランドへ行ったとき、お土産にまさかの羊羹があり、箱裏のラベルに「ビーンズプディング」と書いてあったっけ、と、例のキャラクターの顔などを思い浮かべながら、私は頷きます。

「そうそう、そうです。どこかで食べたことが?」

そう訊ねると、ティムは悪戯っぽい笑顔でこう答えました。

「ピカデリー・サーカス近くにある寿司バーのレーンで、スシと一緒に回っていますよ。これくらいの四角い薄いシートが、二枚ほどお皿に載って。甘くてネッチリしていて、なるほど日本茶に合いそうです」

なんと、ロンドンの回転寿司では、スイーツのラインナップに羊羹が入っているのですか。それはなかなか渋いチョイス。

しかし、ティムが親指と人差し指で示した羊羹の厚みは、薄手のダンボールくらい。うっす！ ペラペラやん！

私がティムの言葉を通訳するなり、祖母は酷い顰めっ面になりました。

「だめだめ、ここに勧めている人なら、一流を知っていなくては。帰ったらすぐ、『とらや』の『夜の梅』を送ると伝えてちょうだい。それを分厚く切って、渋めのお茶と召し上がれって！ お茶も私のお気に入りの『一保堂』のものを添えます」

祖母の「送る」は、おそらく母が手配して私が発送するわけですが、そこはそれ。

本当にティムのためになることをしたい、自分が知る中でも「最高のもの」を味わってみてほしい……そんな祖母の気持ちは、私にもしっかりと伝わりました。

ティムにもそれをわかってほしい。願いを込めて通訳すると、ティムはとても嬉しそうに微笑んで、祖母に恭しく一礼しました。

「ありがとうございます。マダムのお薦めを味わうことを、楽しみにしています。次に日本からゲストがいらっしゃったときには、きっと美味しいビーンズプディングでおもてなしを致しましょう。素敵なレディからの教えだと打ち明けて」

素敵なレディと言われて、祖母は満面の笑み。

「それがいいわ。でも、もし甘いものが苦手な方や、朝のおめざには、この美味しい梅干しを出して差し上げて。これはこれで、とても美味しいものよ。よいものを手に入れてくださいました」

ティムもすかさず一言。

「ありがとうございます。僕ではなく、お店の方のお手柄ですが」

私は胸を撫で下ろしつつ、なんだかいいなあ、と感じていました。

おそらくこの旅を終えたあと、祖母はイギリスを再訪することも、ティムに再び会うこともないでしょう。

でも、ティムの親切のおかげで、日本で梅干しを食べるたび、祖母は彼を思い出すでしょうし、ティムもまた、羊羹……ビーンズプディングを寿司バーで見るたび、祖母を思い出してくれるのかもしれません。

そうやって、一期一会の出会いにしっかりと楔(くさび)を打ち込んでいく祖母の姿勢を、少しは見習いたい。見習わねば。

そんな風に思いながらも、今も厄介そうなことからはそっと逃げてしまう、ヨワヨワの孫です。祖母がここにいたら、叱られてしまうでしょうね。

それはともかく、思いがけない日本の味で英気を養った私たちは、この旅いちばんのお洒落をして、とっぷり日が暮れた頃、ヴィクトリア駅を目指したのでした。

9 祖母姫、列車で貴婦人に!?

Princess Grandma goes to London!

ロンドンのヴィクトリア駅といえば、私にとっては古なじみの友人のような駅です。何故なら、かつて暮らしたブライトンからロンドンへ行くとき、いつも到着する駅だったから。

小さな街、丘、羊、池、羊、川、教会、羊、丘……というイングランドの田舎の風景が突然切り替わり、新旧入り交じった大きな建物が目に入り、緑が極端に減ると、もうすぐヴィクトリア駅。

さて、今日は何をしようか。

美術館で大好きな絵を心ゆくまで眺めようか。

博物館を特にあてもなく歩き回ってみようか。

それとも、ロンドン動物園の素敵なペンギンプールの前で夕方まで座っていようか。

公園のベンチで、リスが現れるまで待つのもいい。

今思えば、なんて贅沢な時間の使い方だったんでしょう。

暇ってステキ。

とにかく、列車からホームに降り立ち（当時は、窓を開けて外側から自分の手で扉を開く、懐かしのシステムでした）、ワクワクした気持ちを軽やかな足取りに乗せて、天井が驚くほど高いヴィクトリア駅の構内を歩くのが、私はいつだって大好きでした。

しかし今夜は、少し様子が違います。

私も祖母も、なかなかのドレスアップ。

特に祖母は、生地が軽くて柔らかい、お気に入りのレオナールのワンピースをまとい、レースのカーディガンを羽織り、薄手のコートを重ねています。

レオナールお得意の、色鮮やかな植物が躍るあの派手なワンピース、地味好みの私には、未だに触れることすらできる気がしません。

でも祖母は、ワンピースの華やかさに負けない真っ赤な口紅をキリリと引き、総白髪を雲のようにふわりとセットし（私が頑張りました）、惚れ惚れするほど華やかな出で立ちでした。

思い出しても、あれは素敵だったな！　と感じます。

西陣織のとっておきのクラッチバッグも、踵はぺたんこだけどドレッシーな靴も、わざわざこのためだけに持参していてビックリしました。

気合い入ってる〜！

私も、ロンドンに来てから、祖母の買い物のついでに「このくらいちゃんとしたものを着なさい！」と半ば無理やり買い与えられた、ローラ アシュレイのコンサバで制服っぽいスーツを着て、バッド・ガールは厳重に封印しています。

今夜の我々、いつも以上に「マダムと秘書」だなと思いつつ、人混みから祖母を守って向かったのは、二番ホーム。

近づくにつれ、何だか軽快な音楽が聞こえてきます。

これは、ディキシーランドジャズ……？　駅で？

えらい浮かれてんな！

首を捻りつつ歩を進めると、突然現れるアーチと、床に敷かれた細長い絨毯。

そして、洒落たスーツを着込んだおじさんたちのバンド。

足で拍子を取り、上半身を揺らし、笑顔で楽しそうに演奏しています。

さっきから聞こえていたのは、この人たちの生演奏だったようです。

ひょー。初っぱなからゴージャス！

実は、このヴィクトリア駅二番ホームは、オリエント急行専用の特別な乗り場なのです。

旅行の計画が持ち上がったときから、祖母が熱烈に乗りたがっていたオリエント急行。

でも、さすがに列車旅は、高齢の彼女にはいささか過酷でしょう。

体調に重大な異変が生じたとき、すぐに対処できない可能性もあります。

ならば！　日帰りだ！

ありがたいことに、オリエント急行には、昔ながらの車両を使った日帰りショートトリップのプログラムがあります。

ランチツアー、お茶と観光ツアー、そしてディナーツアーも。

やはりここはディナーで豪華に、と伯父たちは考え、手配してくれたようです。

待合室ではシャンパンが振る舞われるそうですが、できるだけ外出時間は短くしたい上、祖母はとにかくせっかち。

到着次第、乗車したがるに決まっていますし、待ち時間をできるだけ少なくしたほうが、体力の消耗も防げます。

なので、敢えて少しゆっくりめに駅に向かったのが功を奏して、すぐに乗車手続きをすることができました。

ホームに停車中のオリエント急行は、まさにアガサ・クリスティのドラマで見たまんまの、重厚で美しい車両です。

笑顔の素敵なおじさん、もといい制服姿のスチュワード氏が、「日本からのお客様はとても多いんですよ！　皆さん、『オリエント急行殺人事件』の話をなさいます。お読みになりましたか？」と朗らかにお喋りしながら、祖母と私を席に案内してくれます。

今回は三時間ほどの短い旅なので、案内されたのは客室ではなく、食堂車でした。

といっても、座席はソファー。窓際に二人が向かい合って座り、間には造りつけの木製のテーブルがあります。

それぞれの席の間隔や通路の幅など、決して広々しているとは言えない配置ですが、そこは列車なのでノープロブレム。

テーブルの窓近くに飾られたささやかな花や、テーブル自体にさりげなく施された装飾、そしてソファーの座面の、スプリングを感じる懐かしい固さ、ゴージャスな張り地。

何もかもが、古き良き英国を感じさせてくれます。

足元が冷えるからと（確かになかなかの冷気でした）配られるぼってりした膝掛けも、懐かしさが胸に来る感じです。

「素敵ねえ。若い頃から、いっぺんこれに乗りたかったのよ」

ゆったりとソファーに掛けた祖母は、辺りを見回し、他の席の方々と軽い礼を交わし、満足げに微笑みます。

なんだかロンドンに来てから、祖母は格段に笑顔が増え、そしてもとから堂々としていた立ち居振る舞いに風格が加わって、本物の貴婦人然としてきたような。

旅先で緊張しているせいもあるのでしょうが、やはり、「日本から来た姫」として異国で旅をしているという自意識が、祖母を生き生きシャッキリとさせているのかもしれません。

ロールプレイ、大事。

スチュワード氏が、祖母に声をかける。

「ウェルカムドリンクのシャンパンは如何ですか、だって」

私、通訳する。

祖母、私を見ずに、スチュワード氏に向かって日本語で、

「普段はお酒はいただかないんだけど、特別な機会だから、少しだけ」

私、通訳する。

"Very good, Ma'am"

スチュワード氏、祖母に恭しくそう言って微笑み、去っていく。

「何が、『とってもいい』の?」

自分が本当は少し英語がわかることに気づいた祖母、旅の後半になり、こんな風に訊ねてくることが増えました。

「ああ、この場合は、『かしこまりました』って意味であぁ言ったんだよ」

「そうなのね。そのあと何か付け加えてたのは?」

「お水も一緒にお持ち致しますって」

「行き届いているわね。さすがオリエント急行。ところで……」

「まずはご不浄だよね。列車が走り出す前に済ませておいたほうが安全でいいと思う。空

いてるかどうか、見てくるわ」

私のほうも、だんだん祖母の行動や生理現象の間隔が理解できてきて、旅のはじめに比べれば、トイレへの誘導もずいぶん上手になったと思います。

オリエント急行のお手洗いは、やはり内装はすべて落ち着いた色の木目、床はモザイクタイルになっていて、驚くほど狭いものの掃除が行き届き、シックで清潔でした。

祖母が用を足すのを待つ間に、小さな白いシンクに水をちょっとだけ流してみたり、山盛りに用意された小さな石鹸(せっけん)の匂いを嗅いでみたり、壁の一輪挿しに生けられた赤いミニバラを眺めたり。

祖母に手を貸して席に戻ると、飲み物が用意されていて、ちょうど列車もゆっくりと走り出しました。

間違いなくこの旅のハイライトだね、と言い合いながら、二人でまずは乾杯。

優雅……なのですが、思ったより揺れるねオリエント急行!?

シャンパンの液面がちゃぷちゃぷちゃぷ波立つほどの揺れに、私たちはビックリしてしまいました。

いや、地面に敷かれた細いレールの上を走るわけですから、揺れるのは当たり前なのです。まして、古い車両なのですし。

ですが、滑るように走る日本の新幹線や、車体が揺れる前にはわざわざ注意喚起のアナウンスが流れる在来線に慣れっこの私たちには、ちょっと衝撃の事態。

各国からお越しの他の乗客の皆さんも多かれ少なかれ同じだったようで、あちこちからさざ波のように驚きの声が上がったのが面白かったです。

でもそんな揺れなどものともせず、しばらくの後、ディナーが始まりました。

料理はすべて一品ずつ、オリエント急行のロゴマークが入った白いお皿で供されます。

正直、驚きの乗車料金のわりに、料理は普通。

勿論、列車で提供される料理としては相当にきちんとしているのですが、献立にも盛り付けにも味にも、これといって特筆すべきものはありません。

美味しいけれど……うん、そうね、という感じです。

ただ、盛大に揺れる車内で、スマートかつ丁重な給仕ぶり。

これだけは手放しで評価したいポイントでした。

立っているだけでよろめくような状態なのに、わざわざテーブルに来て、大きなスープポットからスープをよそってくれるときには、思わず息を呑んだものです。

軽くカレーの風味をつけたスクワッシュ（かぼちゃ）のポタージュ、スリルもスパイスになって、ディナーの中ではいちばん美味しく感じました。

さらにメインディッシュでは、お魚のときもお肉のときも、昔ながらに温めたお皿を置く係、メインと付け合わせを盛りつける係、ソースをかける係が連れ立ってやってくるのです。

狭い通路で入れ替わり立ち替わりサービスしてくれる、その仰々しさがなんだか面白くて。

祖母は笑いながら、「チップ。チップを差し上げなさい」と私に囁きました。

さすがにその場では、彼らの両手が塞がっていることもあり遠慮しておいて、あとでお礼のメモを小さな折り鶴にして添え、お渡ししました。

これは、ホテルのルームメイドさんたちにも喜んでいただけた、例のCA師匠が教えてくれたテクニックです。

グルメな祖母も、ここで料理の味に文句を言うのは無粋だと思ったのか、「列車の狭いお勝手で、よく頑張って作っていること」と、褒め言葉すら口にして、残さず食べていました。

それにしても残念なのは、これがディナートリップであること。

イギリス南東部のカントリーサイドを走っている、と言われても、何も見えないんですよ！　夜だから！

それでも日本ならそこそこの夜景を楽しめそうなものですが、何しろイギリスのカントリーサイドはガチのカントリー。

窓の外は、ほとんど暗闇ばかりです。

ぶっちゃけ、どこを走っていても同じ。

なんなら食事中は停車していてくれたほうが、みんなが楽かもしれない……そんなことすら考えてしまいますが、手抜きはなしなので、とにかく列車は走り続け、揺れ続け、スリリングなお給仕で食事も続きました。

そんな中、デザートまで食べ終えてしまうと、もう、することがなくて退屈するかもと思いきや、そこはさすがのオリエント急行。

食後のコーヒーや紅茶をいただきながら、席に座ったままで楽しめるイベントがいくつか用意されていました。

各テーブルを巡ってリクエスト曲を演奏してくれる、ギタリストとバイオリニスト、フルート奏者のご機嫌なトリオ。

タロットカードを操る、クレオパトラ風メイクのミステリアスな女性占い師。

それに、トランプやコインを使い、客の手も適度に借りて、見事なテーブルマジックを披露してくれる、若くてハンサムな手品師。

少し古臭くて地味な娯楽が、クラシックな列車の旅にはよく似合っていて、車窓からの眺望なしでも、あっと言う間に三時間の旅は終わってしまいました。

占いによれば、私と祖母の旅は、最後まで穏やかかつ無事であるそうで、嬉しい限りなのですが、穏やか……？　この旅の間に、いつそんな時間があったかしら。

それはともかく、列車は再びヴィクトリア駅に戻り、我々は乗り込んだときと同様、スチュワード氏に案内されて席を立ちます。

列車の入り口で立ち止まった祖母は、名残惜しそうに、さっきまで座っていた座席を見てこう言いました。

「これが映画なら、日本から来た高貴な老婦人である私は、きっと殺されていたと思うんだけど……何もなかったわね。まあ、名探偵もいないことだし、帰りましょうか」

待って待って、そんなこと考えて乗ってたの!?

祖母の無邪気な空想が何やら可愛くて、私は噴き出してしまいました。

そうなると、さしずめ、地味で冴えない秘書の私は、意外と鋭い推理を繰り出して名探偵を驚かせる役柄なのでは？

かっこいいのでは!?

「名探偵、いなかったのがかえすがえすも残念だねえ」

「いたら私が死んでしまうじゃないの」

そんなくだらない会話をしながら、我々は夢の世界から戻ってきた心境で、タクシー乗り場へ向かうのでした……。

10 祖母姫、秘書孫を諭す

Princess Grandma goes to London!

夢のようなオリエント急行の旅からホテルに戻ったのは、ずいぶん遅い時刻だったと記憶しています。

「あああ、疲れたわ！」

タクシーの中でも、左右にぐらんぐらん揺れながらあくび連発だった祖母、部屋に辿り着くなり、ベッドに直行、そしてダイブです。

カーペットの上に、エナメルのぴかぴかしたぺたんこ靴が、コロン、コロンと転がっていて、いかにも最後の力を振り絞ってそれだけは脱いだんだな、という風情。

急いでバスタブにお湯を張ったところで、とてもお風呂に入る余裕はなさそうです。

まあ、汗をかくような季節でもなし、入浴は明日に回しても大丈夫。

高齢者の常か、はたまた時差ボケマジックか、祖母はのけぞるほど早起きなので、おめざのお茶を飲んでからゆっくりお湯を使っても、朝食には余裕で間に合うことでしょう。

ただ、晴れ着のままで眠ってしまっては身体がちゃんと休まらない気がして、私は大の字になった祖母から、一枚、また一枚と苦心惨憺して服を脱がせ、パジャマを着せつけました。

祖母はときおり億劫そうに手足を少し上げてくれる程度で、あとはじっと目を閉じているだけ。

これはなかなかの「やわらか重量系老婆マネキン」やな……などと思いながら、パジャマの前ボタンを留め終えたところで、祖母が眉根をギュッと寄せたやけに険しい顔で、目を閉じたまま何かブツブツ言っているのに気づきました。

「何？　辞世の句？」

時代劇なら確実にご臨終シーンなのでついそう訊ねると、祖母はカッと目を見開き、「それはまだ」ときっぱり言い放つと、こう続けました。

「お化粧を落としてちょうだい」

えぇー？　ベッドの上で？

「さすがにそれは、洗面所で顔を洗ってもらわないと」と言った私を、祖母はむしろ物知らずに対する哀れみの目で見上げてきます。

なんだなんだ、私、何かおかしなこと言った？

すると祖母、本当に面倒臭そうに十センチくらい右手を挙げてバスルームのほうを指さしました。

「あそこにコールドクリームがあるから、持ってきてちょうだい」

はて、コールドクリームとは?

よくわかりませんが、言われるがままに洗面台の周囲にズラリと並べられた祖母の化粧品を漁ると、なるほど、円筒形の小さな容器に「コールドクリーム」と書かれています。

蓋を開けて匂いを嗅いでみると、おお、戦前女子の香り。

容器もかなり昭和みの漲るデザインで、過ぎ去りし時代を感じさせるアイテムです。

こんなの今どき、どこで買うんだい……と首を傾げながら、私は祖母の待つベッドに、よいしょっと上がって胡座を搔こう……として、自分自身はまだスーツ姿だったことを思い出し、お上品に座りました。

「あったよー。これ、冷たいクリームなの?」

「クリームはだいたい冷たいでしょう。それを顔にたっぷり塗って、マッサージしてちょうだい。白粉が全部落ちるように」

「ほうほう……? つまりこれはクレンジングクリームなのね?」

言われるがままに、私はクリームを指にたっぷり取ると(まあまあ冷たかったです)、祖母のほっぺたに小さな山を作ってから、顔全体に塗り広げ始めました。

何だか、奇妙な感覚です。

思えば、赤ん坊の頃はいざしらず、物心ついてから、祖母の顔に触れる機会など一度もありませんでした。

　この旅に出てからは、色々な場面の介助で手や腕に触れることはあったものの、顔は本当に、人生初タッチの心境です。

　祖母の頬の皮膚はいやにひんやりしていて、とても薄く、柔らかく、そのくせハリがなくて、何だか……そう、温めた牛乳の上に張る膜のような感触でした。

　あの膜と違うのは、指先にまとわりついてこないこと。

　クリームを丹念に塗り、ファンデーションが落ちるよう、指先でくるくるとマッサージしていても、人間の皮膚というよりは繊細なシートを擦っているような感じで、どうにも落ち着きません。

「こんな感じでええの？」

　不安になって訊ねてみると、祖母はやはり目をつぶったままで、「もっと丁寧に、隅々まで。白粉が残らないようにね」と厳しい口調で言いました。

「はー。ちゃんとしてるねえ。私なんて、疲れてるときは、使い捨ての化粧落としシートでシャッシャッと拭いて寝ちゃうよ」

　祖母の人使いの荒さに少し呆れながら私がそう言うと、祖母のほうは、もっと呆れた声音で言い返してきます。

「そういうことをしてると、あとで後悔するわよ。私なんか、若い頃はお湯を使うたび、ぬか袋で全身を丹念に擦ったもんです。だから今も綺麗でしょう」

いやもう本当に。

この旅を始めてからずっと、祖母のこの漲る自信というか、自己肯定感の高さというか、そういうものが眩しくて不思議でたまらない私は、思わず彼女に訊ねてしまいました。

「どうして?」

「どうしてかは知らないけど、ぬかで擦ると肌が白くきめ細やかになるって、私の母が」

「ああいや、それは聞いたことがあるし、実際、お祖母ちゃんは今でも色白だけど、そっちじゃなくて」

「どっちなの」

「どうしてお祖母ちゃんはいつもそう自信満々でいられるのかなーって。絶対、迷わないやん? いつも断言するし、自分のことそうやって美人だと思ってるし。凄い才能だと思うんだよね。そのつよつよ遺伝子、引き継ぎたかったわ〜」

祖母はやっぱり、私に顔をうにうにと擦られつつ、「もっとこのあたりを丁寧に」と言わんばかりに目元を指さしながら、さも当然といった口調で答えました。

「私はねえ、自分を生まれながらの美人だと思ったことはないの。だからこそ娘時代から、美しくなろうと努力したわけ。お肌が白くなるよう磨いて、お化粧を工夫して、髪型も着るものも、自分に似合うものを研究して」

「それは凄く偉いけど、努力したって、実るとは限らへんやん？」

「努力しなければゼロのままだけど、百も努力すれば、一か二にはなるでしょう。一でも違いは出るものよ」

「そんなもんかなあ。骨折り損の……って感じがするけど」

「あんたはそうやって、最初から諦めているから不細工さんのまま。ゼロどころか、日焼けして、お手入れをさぼって、お洒落もしないで、マイナス五にも十にもなってしまってるんと違いますか？」

「ヴッ」

思わず、喉というよりみぞおちのあたりから、変な声が出ました。

祖母の目尻を擦る指に、つい力がこもります。

「あんた自身が、本当にそれで構わないと思ってるんならいいけれども、そうと違うでしょう。人の目も気になる、自分でも気になる、美人に生まれた他人様が羨ましい」

「うう」

もはや返事というより呻き声ですが、祖母は、私のコンプレックスなどお見通しだったようです。

「それなのに何もしないのは、自分を見捨てて痛めつけてるようなもんよ。それで綺麗になれるはずがないわ。鏡を見て、ああ、昨日の自分より少しだけ美人だわ、って嬉しく楽しくなれるように、少しでも努力してみたらどうなの」

「ぐう」

「もっと綺麗になれる、もっと上手になれる、もっと賢くなれる。自分を信じて努力して、その結果生まれるのが、自信よ」

祖母の言葉には少しの澱(よど)みもなく、でも同時に、驕(おご)りもありませんでした。

家事にも育児にも趣味にも努力を惜しまなかった、そんな自分自身への信頼と尊敬が、祖母のあの堂々とした態度の源だったようです。

そりゃ羨んでいるだけで身につくものでも、DNAで受け継げるものでもないわ。

むしろ、これまで祖母の態度を、偉そうやなあ、謎の自信やなあ、なんて思っていた自分が恥ずかしいわ。

謎でも何でもなかった祖母の自信の根拠と理由を知って、感嘆と自己嫌悪で言葉を失った私に、祖母はツケツケと命じました。

「もういいから、熱いタオルを作ってきて、綺麗に拭いてちょうだい」

あ、そういうタイプの化粧落としですか。なるほど。

洗面所で熱いお湯を出してフェイスタオルを濡(ぬ)らして絞り、その蒸しタオルをしばらく顔に乗せてパックしてから、コールドクリームを拭き取っていくと、現れた祖母の素肌は、シワがあっても、ハリがなくても、ピカピカでした。

自分の長年の努力の賜（たまもの）であるこの肌を、祖母は誇りに思い、美しいと心から感じているのだなあ、と納得できるほどに。

「確かに、お祖母ちゃんは何でも全力投入やもんなあ……。そうか、だから、全方位自信があるんや」

「そうよ。自信なんて、ないよりはあったほうがいいでしょう」

「そらそやわ。売るほどあったほうがええわ」

「まだ若いんだから、今からでももっと努力しなさい。色んなことに」

「はぁい」

ようやく目を開けた祖母と見つめ合って、私はこの旅行で初めて、自分の顔に心からの笑みが浮かぶのを感じました。

祖母も輝くスッピンで笑っていました。

なんだろう。

今思い出しても、ちょっと涙ぐんでしまいます。

私が祖母と、率直に心をさらけ出して長い話をしたのは、あの夜が最初で最後でした。

どうして、祖母が生きているうちに、もっと会う機会を持たなかったのか。

こんなに親密になれた一瞬があったのに、何故また、そこはかとなくよそよそしい、希薄な関係に戻ってしまったのか。

悔やんでも悔やみきれませんが、それでも、せめてこの夜があってよかったとしみじみ思います。

祖母と二人きりで語り合い、教わったことは、今も私だけの大切な宝物です。

さて、お化粧を落としたら、あとは化粧水と保湿クリームで肌を整えるだけ。

「ああ、気持ちがよくなった。さっぱりした」

そう言った五秒後には、もう祖母は健やかな寝息を立てていました。

「ありがとうはー？　チップもくれていいんだよ～？」

小声で囁いてみましたが、応答なし。ぐっすりです。

相変わらず、驚異の寝付きのよさ。

今日は色々盛りだくさんで疲れたと思うので、余計に入眠が早かったようです。

さーあ、今夜も訪れた、深夜の自由時間！

私はスーツ姿のまま、財布だけ持って、抜き足差し足で部屋を出ました。

といっても、さすがにこんな時刻から夜遊びに出るわけにはいきません。

向かったのは、ホテルのエントランスロビーの片隅に設置された公衆電話でした。

誰かにコンタクトをとるのに公衆電話が不可欠だった時代、通話に必要なのは小銭、あるいは日本で言うところのテレホンカード、イギリスでは「フォーンカード」と呼ばれていた硬くて分厚くて四角いカードでした。

受話器を取って、カードをスロットに差し込み、数字が書かれたボタンをぽちぽちと押して電話をかけるのです。

日本の呼び出し音とは違う、ブーッ、ブーッ、という音が幾度か続いたあと、耳に押し当てた受話器から聞こえる、「ハロー?」という懐かしい声。

一日じゅう祖母の声ばかり聞いているので、とにかく親しい人と存分に他愛ない会話ができることが嬉しくて、私は挨拶を返し、やけに早口の英語でお喋りを始めました……。


「はあ……」

たぶん、たっぷり一時間は話し込んでいたと思います。

通話を終えた私は、溜め息をつきながら受話器を戻し、部屋へ戻ろうとエントランスロビーを横切りました。

もう真夜中を過ぎているので、エントランスの扉の向こうに立っているのはいつものドアマンではなく、眠そうな若いベルボーイ。

フロントにもスタッフの姿はなく、呼び鈴だけがちょこんとカウンターに置かれています。

宿泊客の姿も見えず、いつもは賑わっているスペースに自分ひとりという状況が、なんとも奇妙な気がしました。

しんと静まり返った中で見上げる、ロビー中央の巨大な花瓶。そして、そこに生けられた大量の赤いバラ。

深く息を吸うとバラの芳醇（ほうじゅん）な香りが胸いっぱいに広がって、ちょっとクラクラするほどです。

お城にひとりきりで暮らすお姫様は、こんな感じだろうか。

祖母姫と旅をしているせいか、柄にもない空想を脳内で展開しかけたそのとき、背後から不意に名前を呼ばれ、私は飛び上がりました。

バッと振り返ると、そこに立っていたのは、我等がバトラー、ティムでした。

「こんばんは。今夜はグッド・ガールですね」

ニッコリして挨拶してくれる彼は、いつものパリッとした制服のままです。私は再び驚いて訊ねました。

「まだお仕事中ですか？」

すると彼は、笑顔のままでこう答えました。

「今日は、夜勤があるんです。僕たちは交代で夜通し詰めて、お客様に応対しますからね。でも、何もご用がなければ仮眠できるので、これから宿直室へ行くところです」

なるほど！

そういえば、二日目の夜、祖母がうっかりお風呂のお湯を溢れさせてしまったとき、大量のタオルを持って駆けつけてくれたのはティムではなく、もっと年かさのバトラーでした。

「今夜はたくさん眠れるといいですね」

「本当に！　もし明日の朝、僕が眠そうな顔をしていたら、労ってください」

そう言ってウインクした彼の顔には疲労の欠片も見えず、サービス業のプロは凄いなあ、と感心していると、彼は私の顔を覗き込み、小首を傾げました。

「なんだか元気がありませんね。オリエント急行の旅は、お楽しみになれませんでしたか？」

本当に、サービス業のプロは凄いなあ……。

たちどころに気持ちの落ち込みを悟られてしまい、私は半ば感心、半ば閉口しつつ、正直に答えました。

「オリエント急行は楽しかったです。ただ、さっき、ブライトンに住んでいたときのルームメイトと電話していて……」

「おや、それは素敵ですね」

「そうなんですけど、本当は明日の夜、彼がロンドンに出てきてくれるはずだったんです」

ふむふむと礼儀正しく耳を傾けてくれていたティムは、片手を頬に当てると、ちょっと悪戯っぽい目つきをして、小声で囁きました。

「He（彼）……もしや、ボーイフレンドですか？」

「んー、そのような、ものでもあり、ソウルメイトのようなものでもあり」

　私の曖昧な返答に、ティムはクスリと笑って、すぐにビジネスライクな気取った表情に戻りました。

「素敵なご関係です。それで……？」

「でも、急に外せない仕事が入って、終わるのが早くても夜の十時を過ぎるんですって。それからロンドンに出てくるのは、ちょっと」

「本数は少ないですが、列車はありますよ？」

　私は力なく首を横に振りました。

「翌朝も早くから仕事だし、配達で運転業務もあるので、無理をしてほしくないです」

「ああ、それは確かに。では、あなたがブライトンへ出向くというのは？」

「それも考えたんですけど、列車、けっこうな確率で遅れたり、あっさり運休になったり、終着駅が変わったりするでしょう？」

　私の言葉に、ティムは大袈裟（おおげさ）に顔をしかめ、両の手のひらを天井に向けました。

「仰せのとおり。列車旅は、ちょっとしたギャンブルのようなものですからね。目的地にたどり着けないことも、目的地から戻れないことも、大いにあり得ます。深夜、お目覚めになったときにあなたが戻っていらっしゃらないと、マダムがパニックに陥ってしまわれるでしょう。明日の夜は、残念ながら僕はいませんから、何とか誤魔化すということもできません」

そう言って、ティムは私からバラのほうへ視線を向け、こう続けました。

「それに、深夜の列車は……色々な人が乗りますからね。セキュリティの面でお勧めできないのも事実です。思いきってタクシーという手段もありますが、深夜のタクシーに、若い女性ひとり……というのもまた」

「正直、安全とは言えないですよね。金額の面でも、ちょっと」

私が正直に告白すると、ティムは気の毒そうに慰めてくれました。

「きっと、またの機会がありますよ。そんなことしか言えず、残念ですが」

私もしみじみと悲しく、そんな感情を振り払いたくて、美しいバラを眺めて頷きました。

「彼に会いたくて来たってところもあるので、本当に残念ですけど、こればかりは仕方がないです。でも、きっとすぐこの国に戻ってくるので。大丈夫」

「ええ、大丈夫ですとも。そのときは、またここにお泊まりください」

「それは、お財布的にどうでしょう」

「お仕事を頑張って。あるいは、再びマダムとご一緒に。バッド・ガールのサポートはお任せあれ」

大丈夫とは言いつつ、やはり凹んでいる私を気遣ってか、ティムは笑顔で、そんな軽口を言ってくれました。

本当に、このホテルのスタッフの温かな思いやりに、私は助けられてばかりです。

本心を言えばもう少しお喋りしたい気分ではありましたが、彼の仮眠時間をこれ以上奪うわけにはいかず、私は自分から「おやすみなさい」を言いました。

「おやすみなさい。昨夜はあなたが完璧なグッド・ガールだったと知ったら、ドアマンが喜びますよ」

そう言って去って行く彼のシャンと伸びた背中を見送り、私は気を取り直して、でもやっぱりとても寂しい気持ちで、祖母が眠る部屋へと戻ったのでした。

11 祖母姫、お茶の時間を欲す

Princess Grandma goes to London!

「イギリスでお泊まりするのは、今日が最後だよ」

朝食の席で私がそう言うと、祖母は優雅にミルクティーを飲みながら、「あら」と小首を傾げました。

どこで習ったものか、カップの持ち手に人差し指を通すのではなく、持ち手を親指、人差し指、中指で挟むように持っています。

うーん、ロイヤル！　そんなところまで、「姫」になりきっているとは。

「もう、そんなにここで過ごしたかしら」

「過ごしましたよ」

「もう少しいてもいいように思うけれど。あと二、三日くらいなら延長しても、ねえ？」

「海外旅行の場合は、そう簡単に日程変更はできないよ。有馬温泉に来てるわけじゃないんだからさ。飛行機の手配とか……ほら、色々と」

私が払ってるわけじゃないけど、お金のこともあるからね！　ここ、一泊いくらだとお思い？　などという世知辛い台詞(せりふ)は、姫の手前、口にすべきではないでしょう。

曖昧な言いようで延泊を却下した私に、祖母は、「まあ、頭の固いこと」と不満げな顔つきになりましたが、そこに颯爽(さっそう)と現れたのが、朝食時には必ず顔を合わせる、スパニッシュ系の陽気なウェイター氏。

たっぷりのヘアワックスを使い、癖のある短い黒髪をつやっつやのオールバックにセットしている彼は、若くてとてもハンサムで、フレンドリーで、それでいて折り目正しいので、滞在中、祖母の大のお気に入りでした。

「さあ、どうぞ、マダム。今朝は僕が厨房(ちゅうぼう)に潜入して、いちばん大きなメロンを見つけ出してきましたよ」

そんな言葉と共に祖母の前に置かれたのは、くだんの「メロン半割・種を取り除いた凹みに苺山盛り」の一皿でした。

本当は、ビュッフェテーブルからセルフで取ってこないといけないのですが、足が不自由な祖母を心配し、一方で「あの鈍くささそうな秘書に運ばせていたら、そのうち持ったまま転びそうだな」とでも思ったのか、毎朝、ウェイター氏が運んでくれるようになりました。

歯もそれなりにくたびれていた祖母なので、イギリスの、薄いけれど歯ごたえ抜群のトーストはどうにも咀嚼(そしゃく)が難しく。

軟らかくて美味しいフルーツと、小さくて甘くて軽いデニッシュを一つ、紅茶を二杯。

それが、彼女にとってちょうどいい朝食でした。

「お昼も夜も美味しいものを食べたいから、お腹が張るシリアルやヨーグルトは絶対に食べたくないわ」

「ジュース？　果物で十分でしょう。苺にクリーム？　それは苺に失礼よ」

「胃にもたれる卵料理もお肉料理も、朝は要らないわ」

「お魚？　日本で塩鮭（しおざけ）を焼いて食べたほうがずっといいから、ここでは結構よ」

などという祖母の意向を尊重してくれつつも、サービスする側としては、もしや少し物足りなかったのでしょうか。

祖母の前に置かれたメロンは、確かに、銀の器からはみ出すほどのサイズでした。

メロンが大好きな祖母を喜ばせようと、本当は、わざわざ特別に大きなものを用意してくれたに違いありません。

「さすがのマダムも、今朝は食べきれずに降参なさるのでは？」

そんなウェイター氏の軽やかな挑発を通訳すると、祖母は持ち前の負けん気を発揮して、すぐさま「メロンなら、一つだってペロリと平らげるわ！」と言い返します。

ウェイター氏はそれを聞くと、舞台役者がカーテンコールで見せるような優雅なお辞儀をして、「それでこそ、我等がマダム。でも、決して無理はしないで」と、少しだけ癖のある英語で、優しい一言を添えてくれました。

それから、彼は私に視線を移し、派手なウインクをひとつ。

「今朝は……いつもほど空腹ではないかもしれませんね。何をご用意致しましょうか」

今朝も！　スタッフミーティング完璧ーッ！

「オリエント急行ディナートリップで帰りが遅くなったので、例のバッド・ガールは、昨夜はたいへんグッド・ガールでした」

などという報告が誰かから……おそらくはフロント係か夜勤明けのティムからなされたに違いありません。

しかし、読みが甘いよ、ウェイター君。

夜遊びしなかったということは、すなわち夕食後、まったく間食していないということでもあるので、私は稀(まれ)にみる腹ペコなのです！

私は普段、身体が朝食を受け付けないのですが、旅先だと何故かもりもり食べられる、そういう人種でもあります。

旅館の朝ごはんは、卵かけご飯に味付け海苔(のり)がジャスティスです。

しかし、ここはロンドン。どうせなら、「イギリスでいちばん旨(うま)い食事」とすら言われるフルブレックファーストを楽しまなくては。

私はメニューも見ず、元気よくオーダーを発しました。

「カリカリのベーコン二枚と、とっても軟らかいスクランブルドエッグ、あと、焼いたトマトとベイクドビーンズと、よく焼いたマッシュルームをたくさん！」

「よく焼いたマッシュルームをたくさん」

ふむふむと聞いていたウェイター氏、最後だけ面白そうに復唱すると、“Very good.”というお決まりの台詞を口にして、去っていきました。

私は、メロンの凹みに盛りつけられた苺を一粒ずつ楽しげに頬張っている祖母に訊ねました。

「今日は予備日で、特に予定は入れてないねん。お祖母ちゃんの体調と気分次第でどうにでもって感じなんやけど、何かしたいことある？　行きたいとことか、見たいものとか」

すると祖母は、真顔でこう言いました。

「もう、観光は十分にしました」

えええー？　マジで？

私としては、あまりにも観光できていないので、帰国して伯父たちに何と報告しようかと、内心頭を抱えているというのに。

祖母は、「もう、ロンドンは見切った」と言いたげに、剣豪のような眼差(まなざ)しで私を見て、こう続けました。

「今日は、存分にお買い物がしたいわ。そろそろ三越に行っておかないとね」

「ああ、確かに。それはそう。みんなにお土産を買わないとだし」

「そのとおり。ホテルのご近所の、どこだったかしら」

「フォートナム・アンド・メイソン？」

「そう、それ。それから、そうよ、アフタヌーン・ティーもまだじゃないの！」

「……あっ」

私は思わず天井を仰ぎました。

それー！　なんか忘れてたと思ったら、それよ！

我々が宿泊中のこのホテル、実はゴージャスなアフタヌーン・ティーで有名なのですが、予約が必須。

しかも、けっこう競争率が高いという話を前もってＣＡ師匠から聞いていました。

それなのに、予約をコロッと忘れていた私のばかばか。

でも、言い訳をさせてください。

タイミングが、どうにも読めなかったのです。

というのも、アフタヌーン・ティーはけっこうなボリュームなので、その日のランチは抜くか、ごく軽く済ませる必要があります。

おそらく夕方もなかなかお腹がすかないので、夕食はやめにして、もう少し遅い時間に軽いお夜食でも……ということになるのではないでしょうか。

しかし、美食家の祖母としては、夕食にはそれなりに豪勢で美味しいものを楽しみたいわけです。

お茶とお菓子ごときで、食事の楽しみを奪われてはたまったものではない、というようなニュアンスのことを、旅の前半、どこかで言われた記憶があります。

それで、何となく予約し損じていたし、無理して試すほどのものでもないかな、という気すらしていて……。

なのにどうして、今になって思い出すかなあ！

実は現在、このホテルのアフタヌーン・ティーは、大人気すぎてずいぶん規模が拡大し、時間帯も、昼前から夕刻まで二時間刻みでフル回転という状態なのだそうです。

ですが当時はそこまでではなく、時間制限も大して厳密ではなかったように思います。

ゆえに、余計に予約は難しく。

とはいえ言い出したらきかない祖母のこと、忘れたり諦めたりすることはなさそうです。

ここはひとつ、我等がバトラーに相談するしかありますまい。

しかし朝食後、部屋に戻った私から打診を受けたティムは、初めて「うーん！」と難しい顔をしました。

そりゃそうです。

前もっての予約すら難しいというのに、当日の朝になってそんなことを言い出されても、困りますよね。

「ごめんなさい。せめて昨夜お願いするべきでした。やっぱり無理ですか？」

私が訊ねると、彼は即答せず、唇に人差し指を当ててしばらく考え込んでいましたが、やがて浮かない顔つきのままで口を開きました。

「いいえ、昨夜でも今朝でも、難しさに変わりはありません。当ホテルのアフタヌーン・ティーは、常に皆様にご好評をいただいておりますので」

「ですよね！　じゃあ諦めて、どこか他をあたることに……」

「ノー。いけませんよ」

「えっ？」

「そんな風に、簡単に諦めてはいけません。でないと、僕が頑張る甲斐がないでしょう？」

「……あ」

ティムに窘められて、私は自分がつい、いつものように物わかりのいいふりをしてしまったことに気づきました。

そうでした。

本当に祖母の希望を叶えてあげたいと思っているなら、そして、ティムに無理なお願いを是非とも聞いてほしいと思っているなら、まずは私自身が熱意を見せなくてはいけないのに。

やんわりと叱ってくれたティムは、私が「ごめんなさい」と言いかけるのを礼儀正しく遮り、いつもの笑顔になって言いました。

「謝る必要はありません。ただ、『燃料』をくだされぱいいんです。僕が、あのタイトな空間に、お二方のための小さなテーブルと椅子をねじ込むのに必要なだけの」

私は深呼吸をひとつして、それから思いきり気持ちを込めて、「プリーズ」とティムに言いました。

「祖母(マダム)はこのホテルがとても気に入っていて、このお部屋も、朝ごはんも、ディナーも、スタッフの皆さんも大好きです。このホテルの思い出に、アフタヌーン・ティーも加えてあげたいんです」

“Very good!”

さっきのウェイター氏と同じ台詞を、ティムは笑みを深くして言いました。

たぶん、「かしこまりました」だけでなく、この場合は、「よくできました」の意味合いも込めてくれたのだと思います。

「お二方のバトラーがいかに優秀か、知っていただくよい機会です。どうにか致しましょう」

胸を張ってそう言ったティムは、「ただし……」と急に声をひそめました。

「はい?」

「今朝、マダムは大きなメロンを召し上がったと伺っております」

情報伝達、あまりにも早ッ。

目を丸くする私に、ティムは小声で囁きました。

「当ホテルのアフタヌーン・ティーはなかなかの強敵ですよ。どうか、この後は何も召し上がらぬよう、マダムにご忠告ください。勿論、あなたも」

「了解です！」

私がへたくそな敬礼をしてみせると、ティムもまた、こちらは英国海軍式のかっこいい敬礼を返して、片目をつぶりました。

「アフタヌーン・ティー作戦については、僕にお任せを。では、本日のその他のご予定を伺いましょうか」

そうか。こうして、ティムと一日の予定を話し合い、あれこれと手配してもらうのも、今日が最後なのか……。

急にじんわりとした寂しさを感じながらも、私は「まずは、祖母が食休みから復活したら、ピカデリーの『ロンドン三越』でお買い物を……」と喋りつつ、彼が小さなメモ帳に素早くペンを走らせるのを眺めたのでした。

12 祖母姫、お寿司に浮気？

Princess Grandma goes to London!

今はもうなくなってしまったロンドン三越は、かつてロンドンの一等地、ピカデリー・サーカスにありました。

ロンドン中心部の多くのお店がそうであるように、新築ではなく、古くて重厚な雰囲気の建物の内装だけをモダンにリフォームしてあり、そんなに大きな店舗ではなかったように記憶しています。

でも、とにかく日本語がバリバリに通じて便利なのと、品揃えが日本人好みでそれなりに幅広く、おまけに色やサイズも日本人向けと、日本人観光客がショッピングをしたりお土産を見繕ったりするのに抜群に便利なお店でした。

免税の手続きをフルに手伝ってくれるので心強く、観光についてのアドバイスも親切にしてくれて、ただ買い物をする場所というよりは、日本人観光客にとって、回復機能つきセーブポイントのような存在だったのでしょう。

強いて言うなら、およそ安物を置いていないところが唯一の欠点だったかもしれませんが、そこは伝統と信頼と安心の三越だもの……というやつです。

　これまで、秘書役の私に通訳を任せ、ロンドンで出会ったどんな人とも臆することなく渡り合ってきた祖母ですが、それでもやはり、日本人スタッフと日本語で直接やりとりできることが、とても嬉しかったようです。

「車椅子をお借りしてちょうだい！」

　店に入るなりそう宣言したのも、足の痛みを気にせず、買い物を存分に楽しみたいと思ったからに違いありません。

　私の存在など忘れたように、担当についた店員さんに車椅子を押してもらってお薦めを聞きながら、祖母は子供たちや孫たち、そしてお友達のためのお土産を次々と選び、自分のためにはスカーフや小さな版画などを買い……そして、いつの間にか、私にもプレゼントを用意してくれていました。

「あんたには、これを買ってあげましょう」

　そう言って祖母が私の前に置いたのは、楕円形(だえんけい)のカメオのブローチでした。

　貝のカメオではなく、石のカメオです。

　ウエッジウッドを思わせる明るいブルーの瑪瑙(めのう)に立体的に彫刻されているのは、美しい女性の横顔で……その、たいへん綺麗なお品ではあるのですが、同時によく言えばクラシック、悪く言えば古臭く。

カジュアルな服装を好み、あまりアクセサリー類を身につけない私としては、持っている服のどれにも合わない、どう扱えばいいか皆目わからない謎のアイテムでありました。

「これは」

明らかに困惑する私に、我々に付き添ってくれている女性店員さんは、にこやかに援護射撃を繰り出してきます。

「イタリアの職人が一つ一つ手彫りした、たいへんに上質なものです。彫刻の細かさが見事なんです」

でしょうね……！

それが、商品というより作品と呼びたくなるほど優れたカメオなのは、さすがの私にもたちどころにわかりました。

さりげなく引っ張り出して確認した小さな値札に手書きされたお値段も、想像していたよりは若干安いとはいえ、なかなかのものです。

特別なお出掛けのときにはつけていこうと思えるけれど、万が一なくそうものなら、たちまち真っ青になって途方に暮れてしまう。

そのくらいの価格帯です。

「でも、これは私には向いてないというか、向いているものが他にありそうというか」

やんわりお断りして、どうせ買ってくれるなら私のほしいものを……そう、あっちにある男性用の素敵なハンチング帽などを、と言おうとした私の言葉を遮り、祖母はやけに厳かな口調で言いました。

「こういうものはね、他人に選んでもらったこと自体が値打ちなの」

今なら何となくわかるこの台詞、当時の若い私には、まったくピンと来ませんでした。

「えー？　どうせなら、私が好きなものをお祖母ちゃんが買ってくれるほうが、旅の記念としてはええん違う？」

なおも食い下がる私に、祖母は仏頂面でキッパリ。

「あんたが好きなものを買ってあげたら、それを好きでなくなったら、どうでもようなるでしょう」

「それはそうだけど、好きじゃないものを貰ったら、最初からどうでも……」

「好きじゃなくても、目上の人が確かな目で選んだ本当にいいものを、こういう機会に持っておきなさい。思い出にもなるし、目を肥やすための材料にもなるし、困ったときには売ればいいんだし」

祖母の反論に、隣では店員さんが「そうそう」とおたべちゃんの人形ばりに深く頷いています。

どうも、ここで「他のものがほしい」と言ったところで、聞き入れてくれる雰囲気ではありません。

目の前のカメオがほしいわけではまったくないですが、確かに「困ったときに売ればいい」というのだけは一理ある、と、当時、駆け出しの作家だった私はそう考えました。

んもう、品がない！

しかし、医大を卒業して即、大学院生となった私は、まだ医師としての収入がほとんどなく、作家の稼ぎも微々たるもので、電車の定期券を更新することすらおぼつかない日々を過ごしていたのです。

まさに「貧すれば鈍する」の典型例ですね。

「それじゃあ……まあ、ありがたく」

きっと私は、少しもありがたそうでも嬉しそうでもない顔をしていたと思います。

それでも祖母は、「いいから大事に持っておきなさい」ともう一度念を押し、店員さんに「これも包んでちょうだい」と言いました。

しかも祖母は、その場で私にカメオを手渡さず、帰国してから、ご丁寧に母を通じて贈ってくれました。

私がまったくカメオに興味がないことも、金額以外の価値を少しも理解していないことも把握していた祖母は、母という保険をかけて、カメオを私の手元に確実に留めようとしたのでしょう。

そのカメオは、祖母が死んでずいぶん経つ今も、手放すことなく私の寝室にあります。

経済的に「困った」のは、今、私が暮らしている仕事場を建てたときだったので、幸か不幸か、カメオ一つ売ればどうにかなる、というような規模の借金ではなかったのです。

今も、カメオのブローチが合うような服はクローゼットにほんの一着か二着しかありません。

加えて、私の顔色はどうも明るいブルーと相性がよろしくないようで、鏡の前で胸元に当ててはみるのですが、「うーん……？」と唸(うな)って元の場所にしまい込んでばかり。

現在に至るまで、一度も身につけたことはありません。

それでも、たまに思い出して小箱を取り出し、蓋を開けてみると、たちまち思い出すのです。

あの日のロンドン三越に流れていた、繁華街の喧騒とは無縁の、おっとりした和やかな空気。

物腰柔らかで親切だった店員さんたちの姿。

ふんわり漂っていた、化粧品か香水の上品な香り。

祖母の自慢の総白髪や、決まり文句だった「はあ、そうしてちょうだい」という声、どんな場所でもすぐに眠くなってしまう仏像のような顔、そして、カメオの繊細な彫刻を静かに撫でていた皺(しわ)だらけの白い手と、洋服に合わせてきちんと毎朝選んでいた指輪まで。

祖母が目を留め、気に入り、私のためにと買ってくれたものだからこそ、このカメオは世界にただ一つの特別なものなのだと、今はわかります。

好き嫌いなど関係ない。

金銭的価値など、まあどうでもよくはないけれど、決して最重要項目ではない。

大事なのは、このカメオが、私と祖母だけが知る大切な時間と記憶をずっと抱え込み、守ってくれるタイムカプセルの役目を果たしていること。

もういない祖母の気配を私に思い出させ、祖母との絆を繋ぎ続けてくれていること。

今なら。

今ならもっと素直に、あの日の祖母に「ありがとう！」が言えるのにな、と、思い出と一緒にほろ苦い後悔も湧き上がりますが、これればかりはどうにもならないことです。

歳をとってこそわかることがあるのに、わかった頃には相手はもういないのです。

世間によくあるパターンですね。

おっと、そんな感傷と共に、余計なことまで思い出してしまいました。

ロンドン三越、実は地下一階に日本食レストランが併設されていました。

丁寧に調理されたお弁当やお寿司を提供していて、日本人観光客だけでなく、現地在住の日本人の方々にとっても、当時はとても貴重な存在だったようです。

買い物を終えた祖母、店員さんに「よろしければ、地下のレストランでお弁当など召し上がっていかれては？　お刺身や炊き合わせ、あと天ぷらなんかが入っていて、とっても美味しいんですよ」と言われて、たちまち目を輝かせました。

「そうねえ、日本に帰れば美味しいお店がいくつもあるんだし、ロンドンまで来てわざわざ日本食というのは、どうにもつまらないけれど」

言葉ではそう言っていますが、たぶん祖母の脳内では、お刺身と天ぷらが腕を組んで踊っていたに違いありません。

「おすすめしていいただいちゃったら、ねえ？」

そう続けて、祖母は私をチラリ。

今度は私が威厳を持って口を開く番です。

「駄目です。今日は午後に、ホテルでアフタヌーン・ティーの予定が入ってます。今朝、ティムにムリムリで席を作ってもらうことにしたんだから」

しかし、簡単には諦めない祖母、すぐに食い下がってきます。

「お寿司を一つ二つ摘まむくらい、大丈夫よ」

「ティムから、『朝ごはんのあとはもう何も食べないように』って言われてるから、駄目」

「まあ、憎らしい」

私はこんなに日本食の気分なのに！　と顔じゅうで主張する祖母ですが、そこでくだんの店員さんが、「あら、どちらのホテルですか？」と控えめに問いを挟んでくれました。

ホテル名を告げると、彼女は「あらあら、それは」と両手を口に当てました。とても上品な驚きの表現です。

「あのホテルのアフタヌーン・ティーは、なかなか大変ですから……そうですね、お孫様が仰るように、お昼はおやめになったほうが」

こういうとき、身内の言葉はスルーするわりに、他人の言葉は素直に聞き入れるのが高齢者あるある！

祖母も、「あら、そうなの？　残念だわ」と、ヒラリと態度を軟化させました。

「是非また、別の機会に」

「そうね。別の機会に。ああ、こんなことだとわかっていたら、こちらを優先させたのにねえ。でも、お約束だから」

ティムに我が儘を言った自覚はあるのか、さすがに「こんなことならやめておけばよかった」とは言わなかった祖母ですが、まあ、声のニュアンス的には「お茶のせいでお寿司を逃すなんて！」です。

気持ちはわかる。

お寿司の口になっているときに、甘いもののことなんて考えたくないよね。

でも、今日のアフタヌーン・ティーだけは、「やっぱりいいです」とは死んでも言えません。

そんなことをしては、日本の姫の名折れですから！

視線で祖母にそう言い聞かせつつ、一方では、明日には日本に帰ってしまうので、別の機会はなさそうだけど……とも思いつつ、ここは駄目押ししておくべきだと、私も「別の機会に」とすかさず重ねます。

「わかりました。本当に残念だけど」

「不用意にお勧めしてしまって、失礼致しました。せめて、美味しいお煎茶をお持ち致しますので、少しお休みになってくださいい。その間に、免税用の書類をお作り致します」

そう言って、店員さんは席を立ちました。

「さあ、ここを出たら、次は『フォートナム・アンド・メイソン』に行くよ。お紅茶とかビスケットとか、お友達に買うんでしょ？」

私がそう言うと、まだご機嫌斜めの祖母は、つっけんどんに言い返してきました。

「買うけれど、今はお寿司のことが頭から離れないわ！」

「……酢飯に魚を載っけるかわりに、スコーンにジャムとクロテッドクリームを載っけましょう」

さすがにそのフォローはないな……と自分でも思いつつ、私は、少女のように膨れっ面をしている祖母を、同情半分、面白さ半分で見たのでした。

13 祖母姫、アフタヌーンティーへ出陣する

Princess Grandma goes to London!

「もうお寿司のことは忘れてね?」

「わかってます!」

ムスッとした顔で言い放ちつつも、明らかにまだお寿司への未練を引きずっている祖母。

しかし、アフタヌーン・ティーが楽しみでないわけではないらしく、お買い物ツアーを終え、ホテルのお部屋でひと寝入りしたあとは、私に促されるまでもなく着替え始めました。

この旅最後の華やかなイベントのために祖母が選んだのは、淡い紫色の、柔らかな布地のワンピースでした。

どこかアール・デコ風の、ドラマ「名探偵ポワロ」に登場する女性たちが纏っているような、シンプルなデザインの素敵な服です。

歳を取ったら派手な色合いの服がいい、とはよく言われることですが、祖母はとことん華やかな色や模様の服が好きで、どんなときも服に負けず、堂々と着こなす人でした。

そして、服に合わせたアクセサリーも、ちゃんと持参していました。

そういうマメさ、見習いたいと思ったものの、未だ真似すらできずにいます。

iPadは必ず鞄に突っ込むくせに、アクセサリーや化粧道具は簡単に忘れて旅に出てしまう私を、祖母は空の上から苦々しく見下ろしているに違いありません。

「たいていの服には、これが合うのよ。たくさんの色が入っているから、旅行にピッタリなの。覚えておきなさいね」

そう言って祖母が薄い皮膚の上を滑らせ、節くれだった指に嵌めたのは、繊細なオパールのリングだったのを覚えています。

こんもりした半球形のオパールが、花びらのような細かい細工が施されたプラチナの台に固定されていて、花びら部分には小さな小さなダイヤモンドが幾粒か輝いていました。

半透明の、薄めたミルク色のオパールの中には、なるほど、赤、オレンジ、緑と共に、けぶるような紫の光が封じ込められています。いつまでも見ていたいような美しさ。

「すんごく綺麗やね、欲しいな〜」

思わず、半ば冗談、半ば本気でそう言ってみたら、見事にスルーされました。

父方も母方も、祖母というのは、勝手なときだけ地獄耳になったり、耳が遠くなったりする生き物だったような気がします。聴力調整自由自在。

「さあ、お顔を作り直しましょ」

祖母がすました顔でお化粧をするあいだに、私は祖母の髪をドライヤーでふんわりさせ、アイラインを引き、赤い口紅を塗るのを手伝いました。

それから、自分も愛想のない地味色、もといアースカラーのワンピースに着替え、ほんのお愛想程度のお化粧をします。

「さて、行きますか！」

身支度が整うと、さすがの祖母もいつまでも不機嫌ではいられず、笑顔になって「行きましょう」と立ち上がりました。

扉を開けてみると、なんと部屋の外では、ティムが車椅子を用意して待っていてくれました。

部屋に戻ってきたときの祖母の疲れた顔を見て、気を利かせてくれたに違いありません。バトラーという職業の洞察力と気配り、本当に頭が下がります。

「あら、下まで行くだけよ。歩けるわ。車椅子なんて、皆さんにジロジロ見られてしまうじゃないの」

祖母はちょっと、いえかなり心外そうな顔をしましたが、

「せっかくのアフタヌーン・ティーです。行き道で転んだりなさると大変ですからね。マダムがお歩きになれることはじゅうじゅう承知しておりますが、是非、車椅子をお使いになって、僕を安心させてください」

というティムの言葉を伝えると、たちまち満面の笑みに。

「そう、確かに、ご心配をかけてはいけないわね。あなたが押してくださるのなら、いいわ」

えええー。孫の車椅子の操縦、そんなにご不安でした？

いや、違いますね。

同じ「ジロジロ見られる」でも、正装のイケメンにエスコートされて車椅子で登場するなら、それは堂々たる姫の佇（たたず）まい。誇りは、少しも傷つかない。

祖母はそう考えたのだと思います。

敢えて通訳せずとも、祖母の表情から意図するところを読み取ったティムは、胸に片手を当てて、「喜んで、マダム」と言ってくれました。

以心伝心すぎて、秘書孫はもはや出番なしです。

なるほど、相手の自尊心を傷つけずにサポートの手を差し伸べるって、そういう風にやればいいのか。でもそれって、サポート側の人間的魅力が大きくないと、失敗する可能性が高そうだなあ……。

祖母が珍しく口にするカタコトの英語と、それにゆっくりした綺麗な英語で応じるティムの声を聞きながら、私は二人の後から、薄暗い廊下をとぼとぼとついていったのでした。

アフタヌーン・ティーが供されるウルトラゴージャスなお部屋は、すでに満杯でした。ドレスコードがあるので、皆さんそれなりに着飾っていて、これから始まるアフタヌーン・ティーへの期待で、室内には華やいだ空気が満ちています。

ティムは、「無理やりねじ込みました」と片腕で力こぶを作るアクションでウインクして、「ゆえに、少々隅っこなのはお許しいただきたく」と、本当に、入り口近くの壁際の丸いテーブルに私たちを案内してくれました。

窓際でなかったのは確かに残念ですが、おそらく、かなりギチギチにテーブルが詰め込まれた室内で祖母がつまずいて怪我(けが)をしないよう、車椅子で容易(たやす)くアクセスできる席を敢えて確保してくれたのではないかと、今になって思い当たります。

「後ほど、お迎えに上がりますからね。それまでゆっくりお楽しみください」

祖母に手を貸して椅子に座らせると、ティムはそう囁いて、空っぽの車椅子を押して去っていきました。

彼の真っ直ぐ伸びた背中を見送っていると、祖母がやけにソワッとして囁いてきました。

「皆さん、私が足を怪我したんじゃないかとご心配かしら。立って、大丈夫ですよってお辞儀をしたほうがいいかもしれないわね？」

その発想、まさに姫。民のことをちゃんと考えていて、ある意味偉い。

ブレがなくて天晴(あっぱ)れと讃(たた)えるべきかもしれません。

しかし、私とティムはともかく、周囲の縁もゆかりもない方々を、祖母のロールプレイに巻き込むわけには……。

「いや……そのままで」

「そう？」

「うん、立ち上がろうとしてよろめいたりしたら、余計に心配させちゃうでしょ。座って元気にしていてくれるほうが、みんな安心よ」

「それもそうね！」

祖母、すんなり納得。

旅の始まりの頃に比べれば、まったくのノースキルだった不肖の秘書孫も、色んな人を見て学んで、少しだけ成長したのです。ほんの少しだけ、ですけれど。

ほどなく、特に開始の合図などはなく、ごく自然にアフタヌーン・ティーが始まりました。

それぞれのテーブルをウェイターが巡回し、お茶のリクエストを訊いていきます。

常に視界のどこかに金色の何かが存在する絢爛豪華(けんらんごうか)な空間に流れるのは、さざめきのようなお喋りと、こちらも美しくドレスアップしたミュージシャンの方々が奏でるクラシック音楽。

開始早々、優雅すぎて別世界です。

先日のオリエント急行と同じく、大好きな第一次世界大戦後のロンドンにタイムスリップしたような気分になれて、私はひとり、ニコニコしてしまいました。

メニューにはたくさんの種類のお茶がリストアップされており、中には緑茶やジャスミンティーなどもありました。

祖母は老眼鏡をかけ、じっくりとすべてをチェックしたあと、「全然わからないわ」とあっさり投げ出してしまいました。

しかし幸い、我々のテーブル担当氏は、そういうお客に慣れっこのようでした。

「毎朝お飲みになってるようなものがお好みですか？　それとも、もっと軽いものを？あるいは、渋みのあるものを？　香り高いものもよいと思います」

ソムリエが、お酒に詳しくない人にワインの好みを訊ねるときのように、銘柄ではなく味で探りを入れてくれたので、祖母も「このホテルらしいものが飲みたいわ」と、素直な希望を伝えることができました。

それを聞いた彼のお薦めは、やはりハウスブレンド。

せっかくですから、私も同じものに……というか、テーブルがわりに小さいので、ティーポットが二つ来ると、どうにも狭苦しいな、と思ったこともあり。

さて、無事に飲み物が決まれば、あとは食べ物ですが、ここからが真剣勝負、いえ、もはやデスマッチと呼びたい過酷な戦いの始まりでした。

現在、このホテルのアフタヌーン・ティーの内容は、我々が滞在した当時のものとはかなり違っているようです。ですから、これはあくまでも「昔の話」として聞いていただきたいのですが、最初に各テーブルに運ばれてきたのは、サンドイッチでした。

あれ、サンドイッチだけ？

素敵な三段のティースタンドに、小さくてかわいい様々なスイーツやスコーン、上品なサイズのサンドイッチが盛りつけられて出てくるものなのでは？

由緒ただしきイギリスの一流ホテル、さぞ美しい盛り付けが楽しめるのでは？

おそらく、意外に思われた方が多いのではないかと思います。

祖母もそうだったようです。

「あらっ」

短い一言に、驚きと落胆がみちみちに詰まっていましたから。

祖母的には、この豪華な空間で、美しいアフタヌーン・ティーのスタンドを横に、姫君然とした写真などを撮り、帰ってからお友達に披露したかったに違いありません。

わかる。その気持ち、めちゃくちゃわかる。

しかし、我等の前に一皿ずつ置かれたのは、まことに地味なサンドイッチのみ。

しかも、フィリングこそいわゆるティーサンドイッチらしい、薄切りのキュウリ、レバーペースト、スモークサーモンといった厚みの出ないものばかりですが、問題はサイズです。

　美しいお皿に盛りつけられたそれは、フィンガーサンドイッチ、つまり一口でつまめるような小さなサイズではありませんでした。

　いわゆる喫茶店で出てくるような、食べきるのに二口か三口かかる細長い切り方、そしてしっかり一人前の量なのです。

　ドオオォーン！　と、効果線つきのジョジョ的な擬音を入れたいような迫力。

　ティムが「朝食以降は何も食べないように」と言った理由、そしてロンドン三越の店員さんが、このホテルのアフタヌーン・ティーを「手強い」と表現した理由が、やんわりとわかってきました。

「スタンドは使わないんですか？」

　祖母にせっつかれて、お茶を運んできてくれたウェイター氏に訊ねてみると、彼は「やれやれ」といった顔つきで、それでも丁寧に答えてくれました。

「スタンドを使うと、見た目は華やかでいいですが、いっぺんに何もかもをお出しすることになります。すると召し上がっているうちに、サンドイッチは乾き、スコーンは冷め、ケーキはクリームやフルーツが生ぬるくなってしまいます。わたしたちは、すべての食べ物を、フレッシュな状態で召し上がっていただくことにしております。ゆえに、最初はサンドイッチ、次にスコーン、そしてケーキと続きます」

説明が立て板に水の滑らかさだったので、きっと、これまでにもたくさんの人に同じ質問を受けてきたのでしょう。

「まずはサンドイッチをお楽しみください。お代わりもどうぞご遠慮なく」

彼の言葉を祖母に通訳しつつ、私の心には「嫌な予感」という言葉が、特大のフォントで明滅しながら横切っていきました。

確かに彼の言うとおりで、スタンドで提供されるアフタヌーン・ティーのいちばんの弱点は、「食べているうちに、大半のものが食べ頃を過ぎてしまう」ことです。

急いで食べたいという気持ちと、ゆっくりしたいという気持ちがせめぎ合って、いつも心の中がややこしいことになります。

そういう意味では、一品ずつ順番に供されるというのはなかなかに正しい、心のこもったおもてなしと言えるでしょう。

スタンドを使わない理由を知った祖母も、「それは道理だわ。さすが一流ホテルね」と感心した様子。

しかーし。

いざ食べ始めてみると、やはりサンドイッチ、十分にたっぷりしたランチくらいのボリュームがあるのです。

美味しい。確かにとても美味しい。

よくこんなに薄くスライスできたなあと感心するほど軟らかなパン、惜しげもなく分厚く塗られたとびきり美味しいバター、フィリングの上にぱらりと振りかけられた塩のつぶつぶ。たまに噛み当てるピリッとした粗挽きの胡椒。

何ひとつ目新しくはないけれど、地に足の着いた、上品でしみじみとした味わいです。

でも、量が、多い。

全部食べきらなくてもいいんだよ、と祖母に言おうとしたのですが、こんなときに限って、祖母はサンドイッチが大いに気に入ってしまったようです。

「食べやすいし、どれもおいしいし、これはいいわね。サンドイッチは、分厚ければいいわけじゃないのよ。さすがイギリス、わかってるわ。ああ、この国でもっとサンドイッチを食べればよかった。特にスモークサーモンは、もう少しいただきたいわ」

いや、やめておいたほうが！

このあとのことを考えると、あまり飛ばさず、もっと食べたいくらいのところでやめておいたほうが……と言おうとして、私は躊躇ってしまいました。

考えてみれば、祖母には「またの機会」はないかもしれない、いえ、ない可能性のほうが高いのです。ならば、美味しいと感じられるうちに、好きなものを心ゆくまで食べたほうがいい、とも言えます。

それにウェイター氏、祖母が顔じゅうで「おいしい！」と表現しながらスモークサーモンのサンドイッチを頬張っているのを見ると、疾風のようなスピードで、「マダム、お代わりは如何ですか」とやってきてしまいました。

ああ、そうでした。

呼ばれるのを待つのではなく、目配り気配りして先手を打つのが、一流のサービスというものなのです。

これは、勝てない。

勝負などではないはずなのに、そんな言葉が思わず漏れそうになります。

「スモークサーモン、ベリーグッド！」

祖母の英語はまさにカタカナそのまんまの発音で、「文法など知らぬ」というブロークンです。

でも、迷いなく発せられる言葉には素直な力強さがあって、ウェイター氏はとても嬉しそうにお礼を言い、止める間もなく祖母のお皿にスモークサーモンサンドイッチのお代わりを三切れも置いてしまいました。

「そんなに食べちゃって、大丈夫？」

一応、訊ねてみると、祖母は涼しい顔でサンドイッチを頬張り、言い返してきました。

「だって、あとはスコーンとケーキを一つずついただけばいいだけでしょう？　お昼を我慢したんですもの、このくらい平気よ」

「あー……そうなら、いいんだけど」

曖昧に応じる私の胸には、もやもやと黒雲のような不安がわき上がっています。

そして、こういうときの「嫌な予感」は、一〇〇パーセント当たるのが私。

このあと、私たちは夢のゴージャス空間で、情けない苦悶の声を上げることになるのです……。

14 祖母姫、スコーンと格闘する

トップバッターであるサンドイッチがこのボリューム。

ならば、スコーンとケーキも、そんなに可愛らしいことにはならないのでは……？

そんな私の不吉な予想は、数十分後に適中しました。

みんながサンドイッチを十分に堪能した頃、ウェイターたちが大きなバスケットと銀のトングを持って、再びテーブルを巡り始めます。

しばらく待つうちに、私たちのテーブルにも、担当のウェイター氏が快活な笑顔で戻ってきました。

「さあ、焼きたてのスコーンをお持ち致しましたよ！」

軽く身を屈(かが)めてバスケットを低い位置に保ち、恭しく保温用の布を取りのけて見せてくれたスコーンは、むくむくに膨らんで中央がぱっくり割れ、表面は淡いきつね色に焼けた、円筒形の正統派。

粉とバターの素朴な香りが、ふわっと鼻をくすぐります。

間違いなく、美味しい。

香りと見た目だけでそう確信できる、素晴らしい焼き上がりです。

これ。これだよ。イギリスに来て食べたい本場のスコーンは、まさにこういうのなんだよ！

普段なら、そう言って歓喜したことでしょう。

しかし、その瞬間の私のテンションときたら、人生指折りの低さでした。

もはや、喜びよりも絶望が少しだけ勝っていたと言っても過言ではありません。

だって、ただごとでなく大きいんですもの。

一つ一つが、手のひらよりひと回り大きな見事なサイズなのです。

御座候より、確実にでかい。

思わず、地元で有名な回転焼きと大きさを比較してしまい、私の絶望はさらに深くなりました。

祖母も、そわっとした眼差しを私に向けてきます。

だからー！　だから止めようとしたんですよ、サンドイッチのお代わりを。

後悔先に立たずとは、まさにこのことです。

しかも、スコーンは、プレーン、全粒粉、レーズン入りと三種類あって、それを丁寧に説明してから、ウェイター氏、「まずは、お一つずつどうぞ」とまさかの発言です。

無理ですってば。

そんなことをしたら、胃袋がはち切れて、死んじゃうから。

たとえ空腹時でも、このスコーンを三個平らげるのはかなり難しいでしょう。

さっきまで、「アフタヌーン・ティーというのは、とっても優雅なものねえ」などと言いつつ音楽に耳を傾け、美味しそうに紅茶を啜っていた祖母も、ようやく「今そこにある危機」を実感したらしく、真顔でこんなことを言い出しました。

「ねえ、パンの次に、パンのようなものが来るって、コースとしてはおかしいんじゃないかしら」

祖母とはあまり意見が合わない私ですが、今に限っては完全同意です。

しかもその「パンのようなもの」は、実際はパンより遥(はる)かにパサパサしていて、大量のお茶と同時に摂取しなくてはなりません。

サンドイッチで早くも六割ほど満たされた胃袋を追い詰めるのに、あまりにも最適な食べ物、それがスコーン。

幸い、祖母は高齢であるため、ウェイター氏も強くは勧めず、少し残念そうな面持ちではあるものの、祖母が指さしたレーズン入りのスコーンを一つだけ、お皿に置いてくれました。

しかし、若い私にそんな弱腰は許されず。

和やかな、にこやかな、されどタフな交渉の末、私が勝ち取れたのは、スコーン三つを二つに減らしてもらう温情だけでした。

それも、「召し上がれそうでしたら、すぐまたお持ち致しますからね」という念押しつきで。

ウェイター氏が次のテーブルへと移動したあと、私のお皿の上には、銀のトングで恭しくサービスされたレーズン入りと、全粒粉のスコーンが残されました。

ウェイター氏、特にお薦めの二種です。

もう、こうなったら食べるしかありません。

しかも、まだ温かくて美味しいうちに!

ときにスコーンはそのまま食してもよいですが、真ん中の割れた辺りで上下二つに分け、断面にジャムとクロテッドクリームをどっさり載せて食べるのが一般的です。

そう、どっさりがキーワード。

日本で供されるアフタヌーン・ティーでもっとも不満なのは、ここかもしれません。

スコーンが驚くほど小振りなのはまあいいとして、クロテッドクリームもジャムも、ほんのちょっぴり。

なんなんでしょう、あのけちくさい量は。

いいか、ジャムもクロテッドクリームも、「塗る」もんじゃねえんだ、「載せる」もんなんだよ！　それぞれ五倍量持ってこーい！

いつも心の中で怒りながら食べている私ですが、このときのスコーンには、小瓶入りの色々なフレーバーのジャムと、小さなお茶碗(ちゃわん)くらいの容器に山盛りのクロテッドクリームが添えられていました。

さすが本場、申し分なしです。

ジャムが先かクリームが先かについては地域差があり、個人の好みもあり、常にティータイムの議題のひとつですが、私はジャムが先派です。

まずは、苺ジャムか、ブラックカラントジャムをたっぷり。

その上にクロテッドクリームをこんもり、夏の入道雲のように載せて、大きな口で齧り付く。

これが、私がもっとも愛する、スコーンの食べ方です。祖母にも、それを試してもらいましょう。

まずは祖母のスコーンを割り、好みを聞いて苺ジャムとクロテッドクリームを載せ、さあどうぞ、と薦めると、祖母はようやく再びの笑顔に戻りました。

「これが本場のスコーンなのね。博物館で食べたときは冷たかったし、バターしかついていなかったわよ」

「ああ、ああいうところではそうやね。自宅で食べるときも、ちょっと温めはしたけど、バターだけ挟んで食べてたよ、私」

「あら、そうなの」

「クロテッドクリームをわざわざ用意するの、面倒臭いからね」

そんな会話をしながら、祖母はいそいそとワンピースの襟元を直し、髪を片手で軽く撫でつけ、そして気取った手つきでスコーンを顎の下くらいまで持ち上げました。

背筋が、不自然なまでにピーンと伸びているのを見て、私は察しました。

記念撮影ターイム！

三段トレイと共に写真におさまるのは無理でしたが、ジャムとクリームつきのスコーンを手にパチリ、というのは、いかにも英国！　という感じだし、実にフォトジェニック。

当時はそんな言葉は存在していませんでしたが、いかにも「バエる」構図です。

祖母、帰国してからお友達に、「焼きたてのスコーンをいただきました！」という自慢をすることにしたようです。

いいねいいね、それでいこう。

「じゃ、撮るね」

私がカメラを構えると、祖母は威厳たっぷりの笑みを浮かべて、でも注文をつけてきました。

「背景はちゃんと綺麗かしら？」

「……金色の何かと、謎の柱っぽいものと、ゴージャスな壁紙が見えます」

「よろしい。じゃあ、念のため、三枚ほど撮っておいてちょうだい」

「かしこまりました〜。じゃ、いきまーす」

ご機嫌の祖母をパシャパシャと撮影していたら、スコーンを配る手をわざわざ休め、ウェイター氏がシュッと滑るように戻ってきたではありませんか。

「お写真でしたら、お申し付けください。さ、ご一緒にお撮り致しましょう！」

忙しい中、細やかな心遣いは嬉しいですが、私、あまり写真を撮られるのが得意ではなくて。

今は、人前に出るお仕事が増えたせいで少しだけ慣れましたが、当時はカメラを向けられただけで顔どころか全身が強張ってしまい、どうにも駄目だったのです。

己のルックスに対する劣等感がもたらす自意識過剰という奴であり、過去に写真撮影で幾度か嫌な思いをしたこともあり、極力、撮られることを避けていた時代でした。

ですが、断ろうとした私に、ウェイター氏はやんわりきっぱり、「一枚だけでも。当ホテルを記憶に留めていただくよすがに」と言いつつ、視線で「あなたもスコーンを持って一緒に」と促してきます。

祖母もまた、「せっかくなんだから撮っていただきなさい」と言ったあと、真顔でこう付け加えました。

「いつ、遺影が必要になるかわからないんだから」

おいおい。

優雅なアフタヌーン・ティーの真っ最中に　どんな切り口で説得してくるねんな。

っていうか、スコーンを持って笑ってる遺影ってどないやの。

いくらなんでも、食いしん坊万歳すぎん？

ビックリして、「えっ、お祖母ちゃんの!?」と問い返してしまった私も私ですが、「何言ってるの、あんたのですよ！」と言い返してきた祖母も祖母だと思います。

しかしまあ、このくだらないやり取りのおかげで少しだけ緊張が解(ほぐ)れ、私はしぶしぶではありますが、祖母と同じようにスコーンを持ち、ギギギ……と音がしそうな不自然な笑顔で、祖母と寄り添って写真を撮ってもらいました。

あの写真は、いったいどこに行ったやら。

私はおそらく、自分の分を現像すらせず、ネガごと祖母に渡してしまったのだろうと思います。

そして、祖母の死後、しゃかりきになって遺品整理に励んでいた母や伯母たちの手で、写真もネガも根こそぎ処分されてしまったんだろうな……。

本当に、惜しいことをしました。

あの頃、「思い出」というものをあまりにも軽視していた自分に、改めて腹が立つものの、当時の気持ちがわからないでもないので、胸の内は複雑です。

でもやはり、たくさん撮影しなくていいから、思い出の写真の一枚や二枚はあったほうがいいように思います。

写真に残された風景やアイテム、人の服装や表情は、引っ張り出した古い記憶を鮮やかに彩り直す手伝いをしてくれるものなので。

何はともあれ、我々は既に敗北を確信しつつ、スコーンとの格闘を開始しました。

一口齧ると、やはり、伝統と信頼のパサパサ！

ジャムの水分とクリームの油分、そして唾液が束になっても補い切れない、鉄壁のドライネス！

咀嚼しても咀嚼してもスコーンは口の中で滑らかにはならず、嚥下(えんげ)するにはかなりの量の紅茶が必要です。

スコーン、紅茶、スコーン、紅茶、スコーン、紅茶、胃袋たっぷたぷ。

美味しいけれど厳しいというのは、実に贅沢な悩みです。

ですが、切実な悩みでもあります。

考えてみれば、スコーンは半割にしてジャムとクリームを載せるわけですから、実質、スコーン一つでスイーツ二つを食べることになるわけです。

薄々そうなるのではないかと予想していましたが、祖母は半分食べたところで音を上げました。

「もう、噛むのに疲れたわ」

お腹いっぱいになってしまったと言わないところが、祖母の矜持なのでしょう。

平たくいえば、意地っ張り、ですね。

そして彼女は当たり前のように、残り半分のスコーンを私のお皿に移動させました。

「若いんだから、たくさん食べなさい」

出た。年寄りが食べたくないものを押しつけてくるときのお決まりの台詞。

しかし、私もようやく巨大スコーン一つを平らげたところです。

お断りしたい気持ちでいっぱいでしたが、彼女の孫である私もまた、違うベクトルで意地っ張りなのでした。

つまり、自分の皿に置かれたものは、絶対に残したくない。

しかも、いやいやではなく、嬉しく食べ切りたい。

せっかく色々な人の手を経て、最高に美味しい状態で提供されたものを、苦しみながら食べるなど、言語道断。

大食いチャレンジの番組の何が嫌かって、料理人が美味しく作った料理を、挑戦者たちが顔を歪めながら苦行のように食べるシーンです。

あれを嫌ったからには、同じことを自分がしてはいけない。

よし。意地でも美味しく食べる。

幸い、時間はたっぷりあります。

お茶も、わんこそばのように入れ換えてもらえます。

「はあ、本場のスコーンは迫力があったわね。でも、美味しかったわ」

喉元過ぎれば何とやらで、そんなことを嘯き、ゆったり椅子にもたれて音楽を楽しむ祖母を恨めしく睨みながらも、私は色々なジャムと、濃厚で美味しいクロテッドクリームと、たっぷりの紅茶の力を借りて、どうにかこうにか、スコーンを完食しました。

無論、「お代わりは？」と言いたげなウェイター氏の視線には、ハッキリと首を横に振ってお断りの意を伝えることも忘れませんでした。

でも、戦いはこれで終わりではない。

恐るべきラスボス、ケーキのターンです。

祖母は余裕の微笑みで、「ケーキ一つ分くらいの余裕は残してありますよ」と言い放ちました。

うん、その余裕、私の胃袋を犠牲にしてゲットしたやつね……などと突っ込む元気は、私にはもはや残っていません。

そんな我々のもとに、今度は大きな銀のトレイを捧げ持ったウェイター氏がやってきました。

「さあ、フレッシュなケーキですよ！　いくつでもどうぞ！」

ヴァー！！！

心の中で、私は絶叫しました。

実際に口から出たのは、「わあ」とかいう可愛い驚きの声ですが。

ピカピカのトレイの上には、色とりどりの美しいケーキが、おそらく十種類ほども並んでいたでしょうか。

チョコレートやピスタチオのケーキ、フルーツタルト、メレンゲ、パイ、エクレア……どれもとても美味しそうです。

が！

またしても。またしても、すべてが大きい。

おそらく、日本のケーキ屋さんで見かけるものの一・五倍か、ものによっては二倍くらいのサイズです。

祖母を見ると、さっきの言葉はどこへやら、「思ってたんと違う」と、顔じゅうで雄弁に訴えてきます。

しかし、「さあ、どれになさいますか！」と誇らしげな笑みで薦めてくるウェイター氏に、「いや、もう要らないです」とはとても言えません。

そんなことを言ったら、間違いなくこの世の終わりみたいな悲しい顔をされる。我々には、そんな確信がありました。

せっかくこだわりと誇りを持って作りたてのケーキを持ってきてくれた彼に、残念な思いをさせたくない。

我々もまた、アフタヌーン・ティーを中途でリタイヤするような無様な真似をしたくない。

会話はありませんでしたが、それが私と祖母に共通する強い強い意思でした。

祖母は、ウェイター氏に厳かに告げました。

「いちばん小さくて軽いケーキをちょうだい」

私が通訳すると、ウェイター氏は、「オゥ」と呟きました。

あるいは、祖母が全身から強烈に放っていた「そろそろ限界なのよ」というオーラを感じとったのでしょうか。

「かしこまりました。しばしお待ちを」

彼はいったんバックヤードに引っ込むと、すぐに戻ってきて、祖母のお皿に本当に可愛いサイズの苺のタルトを一つ、トングで挟んでそっと置きました。

「今日はプライベートパーティのご予約がありまして。そのためにちょうど厨房で作っておりました、フィンガーフードのタルトです。このようなものでは物足りないのではないかと心配ですが、よろしかったら、二つでも三つでもお持ち致しますよ。苺はお好きでしょう？」

なんと、余所様のパーティフードの上前をはねてしまったようです。

しかし、祖母にとっては、指でちょいとつまんで食べられるタルトが、まさに適正なサイズ。

「まあ、気が利くわね」とご満悦の彼女を見ながら、「私もそれを……」と言いたいところでしたが、ウェイター氏、何故か私にはまったく手心を加えてくれません。

「さあ、ヤングレイディ、どれになさいますか？　僕のおすすめはエクレアですが」

「……じゃあ、エクレアで」

小振りのコッペパンほどもある特大のエクレアには、つやっつやのチョコレートがたっぷりかかっていて、それはもう美味しそうです。

しかし、ウェイター氏はまだ次のテーブルへ行く気配を見せません。

ケーキ一つなんて、そんな遠慮しないで、という顔で、私の鼻先にトレイを支え持ったまま、次のオーダーをじっと待っています。

チラと他のテーブルを見れば、皆さん、ニコニコしながら、お皿にいくつもケーキを取り、美味しそうに召し上がっているではありませんか。

なるほど、最低数が二つなのか。ならば、挑まねばなるまい！

「じゃあ、レモンパイを」

お馴染みの"Very good!"という言葉と共に、こんがり焼けたメレンゲが美しい大きな大きなレモンパイが、エクレアの隣に置かれました。

これは絶対に美味しい。でも、ひときわでっかい。

別の日に食べたら、きっと今の十倍は美味しく感じるに違いないのに。

そう思ってしまった時点で、いくら美味しく完食しても、これは負け戦です。

それでも、最後までやり遂げたい。

順位など関係無い、とにかく完走するのだ。

マラソンランナーのような心持ちで、私はフォークを手にしました。

うん、美味しい。ちゃんと美味しいぞ。

「パンのあとにパンのようなものが来たと思ったけれど、ジャムとクリームを載せたら、あれはケーキのようなものよね」

ぱくりとタルトを平らげ、さあ私はアフタヌーン・ティーを完全攻略しましたよ、という得意顔の祖母は、一口ずつ地道にケーキを噛みしめて食べている私に、呑気に話しかけてきます。

「……そうですね」

「そうして、ケーキのようなもののあとに、本物のケーキが来るのね。アフタヌーン・ティーというのは、おかしなものねえ」

「そうですねえ！」

「美しき青きドナウ」が流れる優雅な空間で、我々……いや、私は苦い敗北を噛みしめつつ、それでも不思議なほど大きな達成感を味わっていたのでした……。

15 秘書孫、再びのバッド・ガールに……？

Princess Grandma goes to London!

「はあ、疲れたわ。本当に疲れたわ」

入浴を済ませ、パジャマ姿でベッドに横になるなり、祖母は大の字になってそんなことを言いました。

その声は、まるで、大きく膨らんだ袋から、ふしゅうう、と空気が抜けていくときのような調子でした。

昼間、アフタヌーン・ティーで頑張り過ぎたのか、はたまたロンドン最後の夜に辿り着いたという達成感のせいか、脱力具合もいつも以上に激しい模様です。

「はーい、お疲れさまでした～」

祖母が脱ぎ捨てた服を畳み、丸め、スーツケースに詰め込みながら、私は投げやりに言葉を返しました。

「ほんっとうに！　疲れたわ！」

より強い力を込めて繰り返して、祖母は大あくび。

「はいはい」

こっちは二人分の荷造りが大詰めなので、応答がどうしても適当になります。

ロンドン到着時、私のスーツケースには、ほんの少ししかものが入っていませんでした。何を買っても詰め放題という状態で来たので、荷造りは楽々です。

問題は、祖母の荷物です。

洋服もアクセサリーも靴もどっさり持参し、着せ替え人形のようにお洒落を楽しんでいた祖母なので、最初から、スーツケースの空きスペースは三割あるかないかでした。

そこに、祖母が買ったものをガシガシ詰めていくわけですから、いくら服を圧縮しても限界があります。

容量だけでなく、重量制限にもひっかかりそう。

お祖母ちゃん、いつの間にこんなにあれこれ買ったの……？

私の見覚えがないアイテムもけっこうあるんだけど!?

とはいえ、突っ込みを入れたところで得られるものはなさそうなので、私は祖母のスーツケースに入り切らなそうな品々を、自分のスーツケースに詰め込み始めました。

日中の自由時間の少なさが功を奏して、今回の旅における私の買い物は、いつもに比べればずいぶん控えめ。祖母の荷物を引き受けても、まだ余裕がありそうです。

自分のベッドの上にスーツケースを二つ並べて置き、せっせと荷物を詰めていく私を横目で見て、祖母は一言。

「荷物が交ざらないように気をつけてちょうだいよ」

ええい、高齢者、勝手なときだけ視力爆上がりあるあるー！　ムカックー！

お祖母ちゃんの買ったものをネコババするわけがないでしょうに！

かわいい孫を疑うなんて、ひどいひどい。

しかし幸か不幸か、こちらにもそんなことでいちいち腹を立てる余力は残っていません。

「はいはいー」

やはり雑な返事をして、作業を続けるのみです。

まるで水面でアメンボが移動するときのようなアクションで手足をゆっくり動かしながら、祖母は私から天井に視線を移して、深い溜め息をつきました。

「はぁ。イギリス最後のお夕食が、あんなにささやかになってしまったのは、かえすがえすも残念だったわ」

仏頂面で荷造りをしていた私ですが、「ささやか」という言葉につい笑ってしまいました。

言うまでもなく、苦笑いのほうです。

昼間のアフタヌーン・ティーがずっしりと胃腸にこたえた我々、さすがにまともなディナーに繰り出す元気はなく、再び、ホテルのメインダイニングのお世話になることにしました。

祖母のロンドンでの「最後の晩餐」は、やはりというか、またもやというか、生牡蠣！　心配して、「またハーフでお出ししましょうか？」と言ってくれたスタッフに「いいえ、最後ですもの。一ダースいただきます！」と力強く応じ、実際、ペロリと平らげたのです。

あれを「ささやか」と表現するとは、何たる剛の者。

メイン料理をパスせざるを得ず、生牡蠣とスープだけの食事になったことが、祖母にとってはよほど口惜しかったのでしょうね。

とはいえ、こちらにも少しばかり、言いたいことがあります。

「私のアンコウも、半分食べたやん」

「半分なんて。ほんの三口ほど味見させてもらっただけよ」

「それが半分ですけど」

私のやんわりした抗議など、祖母にとっては柳を揺らすそよ風ほどの威力もなかったようで。彼女はパジャマのお腹をさすり、しみじみと言いました。

「お腹が空いていたら、丸ごと平らげたわ！　あれは美味しかった」

「美味しかったねえ。私も是非とも、丸ごと平らげたかった……」

日本では、アンコウ、特にアンコウ鍋といえば冬のご馳走のひとつです。そして意外なことに、イギリスでもアンコウはそれなりにポピュラーなお魚なのです。

勿体ないことに肝はあっさり捨ててしまうのですが、淡泊な白身は高級食材として、街の魚屋さんのいちばんいい場所に置かれていましたっけ。

その夜、私が選んだのは、アンコウの尾びれ近くのプリッとした身とホタテをグリルして、軽めのバターソースで食べるという一皿でした。付け合わせの野菜も焼くか茹でるかしただけで、いかにもイギリスらしい素朴な料理です。

私とてお腹がまだ重く、オードブルとデザートを諦めて魚料理だけを注文したので、祖母の横取りにより、さすがにちょっと寂しい食事になってしまいました。

「今夜は、お夜食がほしくなっちゃうかも……って、あら」

喋りながらふと気づけば、祖母の手足の動きが止まっています。

よほど疲れたのか、祖母はウトウトし始めていました。

あわわ。

一日くらいサボっても……とは思いますが、そこはやはり、お世話係の意地を見せねば。

本格的に寝入る前に、渋る祖母の身体をえいやと起こして、部分入れ歯を回収、そして残った自前の歯を磨いてもらいます。

あと、寝る前のお薬とサプリメントも、最後まで気を抜かず、しっかりと飲ませました。

祖母の年代になると、お通じの滞りが人生指折りの大事件みたいなことになります。医薬品と同じくらい、整腸剤が大事。頼んだぞ、乳酸菌。

ムニャムニャと文句を言いつつもルーティンをこなした祖母がベッドに戻り、今度はしっかり毛布を被って寝入ったところで、部屋の扉が控えめにノックされました。

覗き窓からチェックしてみると、ホテル内でよく見かけるメッセンジャーボーイが立っています。黒髪と褐色の肌に制服がよく映える、キビキビした動きと、大きな美しい目が印象的なインド系の男の子です。

「あなた宛のメッセージです」

扉を開けると、彼はそう言ってニコッと……いえ、むしろニヤッと笑い、二つ折りの小さな紙片を恭しく差し出してきました。

「私宛？　マダムではなく？」

私が首を傾げると、彼は紙片を数センチ、私のほうへ近づけ、「あなたにです」と答えました。

「誰から？」

何の気なしに受け取りながら訊ねると、彼はさらに盛大に、ニヤリ。

「見ていただければ、わかります」

ええー？　そんな返答、ある？

まあいいか、確かに見ればわかるものね。

「じゃあ、受け取りのサインを」

私がそう言うと、少年は〝No〟と、小さく首を横に振りました。

「えっ？」

「サインは不要なんです。こちらは、秘密のメッセージになりますので。では、おやすみなさい。……素敵な、夜を」

何故か、二回目の“Good night”をやけにゆっくりと意味ありげに言って、メッセンジャーボーイは疾風のように去っていきました。

なんなんだ……？

なんだか、とても怪しいぞ。

秘密のメッセージって、いったい何のことなん？　誰から？

つい、あっさりと受け取ってしまったけれど、よく考えたら怖(こわ)ッ。気持ち悪ッ。

でも、同時にちょっとワクワクします。

扉を閉めた私は、ソファーに浅く腰を下ろして、ドキドキしながら紙片を開いてみました。

何のことはない、白地に灰色で細い罫線が引かれたメモ用紙です。

そこに、ブルーのインクで、英文が綴(つづ)られていました。

綺麗な、でもちょっとだけ左に傾いた手書きのアルファベットが、整然と並んでいます。

読んでみると、ちょっと気取った古臭い文体で、こう書かれていました。

「もし、勇気を胸に最後の冒険を欲するならば、二十一時に『フォートナム・アンド・メイソン』前に来られたし　T」

文面をきちんと理解するまでに、数回読み返す必要がありました。だって、あまりにも予想外な「お誘い」だったから。

最後の冒険って何？

っていうか、「T」というのが差し出し人？

それってつまり……その、ティム？

今回の旅行で、Tで始まる名前の持ち主を、私はティム以外に知りません。

それに、彼でなければ、あのメッセンジャーボーイにあんなお使いを頼むことはできなかったでしょう。

「ティムが？　最後の冒険に誘ってくれてる？　マジで？」

小さく呟いて、私は考え込んでしまいました。

彼が何を考えてこんなメッセージを寄越したのかはわかりませんが、ひとつだけ、明らかなことがあります。

バトラーが、「担当している宿泊客、しかも若い女性にホテル外での待ち合わせを申し入れる」のは、尋常でも穏やかでもありません。

ヤバい。実にヤバいですよ、これは。

普段の私ならば、警戒心が好奇心を易々とねじ伏せ、危ないことには手を出さないに限ると、謎のメッセージをゴミ箱に放り込んで寝てしまったことでしょう。

勇気？　そんなものはありませんよ、と。

ですが、泣いても笑っても、これがロンドンで過ごす最後の夜です。

祖母はこれ以上ないくらいお疲れでグッスリ眠り込んでいて、現在の時刻は、もうじき午後八時四十分になろうというところ。

こんなドキワクのお誘いに乗らないなんて、バッド・ガールの名が廃るのでは？

確かに少々、いえ、相当に軽はずみではありますが、ティムのお誘いならば、話は別だと思いたいところです。

このホテルに滞在中、彼には大いにお世話になりました。

幾度も、彼の機転や気の利いたアドバイスに救われ、互いの真心が通じ合ったと感じた瞬間も幾度かありました。

ならば、信じてみたい。

否、我等が頼もしきバトラーを、信じないでどうする！

彼がどんな「冒険」を用意してくれているのかわからないけれど、泣いても笑っても、この旅の最後の思い出となるイベントです。

行きたい気持ちが、恐怖や不安をくるくるっと包み込んでいくのがわかります。

最悪、私がとんでもないトラブルに巻き込まれたとしても、ホテルのスタッフたちが、祖母を帰りの飛行機に乗せるくらいのことはしてくれるでしょう。

祖母の荷物はほぼ詰めたし、私の荷物の中にも、見られて困るものは……まあ、ない。三斤分くらいある長い食パンがスーツケースに二本も詰まっているのはさぞ不審でしょうが、その程度は許容範囲です。おそらく。

よし、謎の冒険に行けるぞ。行くべし。

覚悟を決めて、私はメモを再び折り畳み、立ち上がりました。

腹が据われば、あとは素早く身支度をし、財布を持って飛び出すのみ。

祖母に毛布を掛け直し、灯りを落とすと、私はクローゼットの扉を開け、密やかに速やかに、着替え始めたのでした……。

16 "T"と、その仲間

部屋のキーをいつものようにフロントに預けると、夜勤の男性スタッフは、「楽しい夜を」といつもの台詞を口にしたあと、カウンターギリギリの高さで、片手の親指を立ててみせました。

あれ、何だか……？

確かに、「秘書孫」の立場になって以来、ホテルスタッフはみんな、私を宿泊客として丁重に扱いつつも、自分たちの仲間として親しげに接してくれます。

でも、今夜の彼の仕草は、いつも以上に距離が近い感じがして。

訝しく思いつつも、「ありがとう」と返して、私はエントランスロビーを斜めに突っ切って出入り口に向かいます。

もういつものドアマン氏はおらず、若いベルボーイがしゃちほこばって扉を開け、送り出してくれました。

当然乗るんでしょ、みたいな顔で待っているタクシーには、申し訳ない気持ちでそそくさと背を向け、大通りに出ます。

地方都市に比べれば、ロンドンは「眠らない街」ではありますが、それでも夜になると、通りを歩く人の数はかなり減ります。

一方で、犯罪に遭う確率はぐんと上がるわけで。短い移動でも、油断は禁物です。

できるだけカジュアルな服装で、バッグは持たず、現金は少額を小銭入れにしまい込み、ポケットにしっかり入れておきます。

東洋人の女の子は幼く見えてしまうので、目深に被ったキャップで顔の大部分も隠して、私は足早に「フォートナム・アンド・メイソン」に向かいました。

祖母を連れていないので、ほんの五分ほどの道のりですが、私の心臓は、口から飛び出してきそうな勢いで脈打っていました。

本当に、行っちゃって大丈夫かな。

「T」をティムだと解釈したのが間違いだったら？

全然知らない人が待っていたら、どうする？

逃げる？　小柄な女の足で、逃げきれるだろうか。

日頃は賑やかな通りも、夜になってみると街灯の数は意外と少なく、建ち並ぶ店からの灯りが頼りです。終夜、点灯している店ばかりではないので、暗いところは、向こうからやってくる人の顔を見ることも難しいほど。

張り切って出てきたものの、やはり徐々に恐怖が増してきます。

怖いな、やっぱりホテルに戻ろうかな。

でも、「T」が本当にティムなら、彼は私どころではないリスクを冒していることになります。

「やっぱり、行こう。『T』の正体を見極めないと、とても寝られへんし」

口の中で呟いて、私はさらに足を速めました。

フォートナム・アンド・メイソンは、とっくに閉店していました。

でも、美しい飾り付けを夜の住人たちも楽しめるようにという思いやりか、はたまた防犯のためか、ショーウインドウは点灯したままです。

その、オレンジがかった温かな光を背に、長身の男性がひとり……いえ、二人立っているのが見えました。

似たような背格好で、片方が私に向かって胸の前で手を振っています。

逆光になってしまって、離れたところからでは顔を見ることができません。

もう、倒れそうなくらいドキドキしながら、私は二人に近づきました。

やっぱり！　ティム〜！　ティムだった！

よかった〜！　いや、なんかよくない気もするけど、ひとまずはよかった！

二人連れの片割れは、我等がバトラー、ティムでした。

いつもの笑顔で立つ彼は、それ以外はいつもと違っていました。

仕事中はピッタリ撫でつけている髪は、少々ラフに乱され。

服装も、コットンシャツにジーンズと革ジャンという、イギリスの若い男性によくあるカジュアルな装い。

「こんばんは、バッド・ガール。素敵なキャップですね。あんな唐突で不躾なお誘いを受けてくださって、ありがとうございます。やはりあなたは勇敢だ」

いつもの快活で穏やかな声でそう言って、ティムは笑みを深くしました。

あ、笑顔もいつもと違う。

いつもよりずっと大きな、まるで犬っころと遊んでいるときのように開けっぴろげな笑顔です。

「こんばんは！」

私は戸惑いながらも挨拶を返し、ずっと握り締めていたメモを彼に見せました。

「じゃあ、やっぱり『T』って」

「勿論、僕です。おわかりの上で、ここにいらしたのでは？」

「それはそうなんですけど、だったらその、冒険、ってのは……」

「その前に、彼を紹介させてください。僕の弟で、本日のドライバーを務めます、ジェイクです」

ティムにサラリと紹介されたもうひとりの男性は、なるほど、ティムにとてもよく似ています。というか、似すぎ……？

少しだけティムより体重がありそう、そして髪を長く伸ばして後ろでひとつにまとめていて、ちょっとだけヒゲも生えているけれど、あとはハンコを捺したようにそっくり。

兄弟といっても、いささか似すぎているような……。

そんな私の疑問に気づいたのか、男性……ジェイクは、ニカッと人好きのする笑みを浮かべ、「ハーイ」と、ティムよりずっとフランクな挨拶をしてから、兄と自分を順番に指さしました。

「双子の弟」

「あー！　なるほど！」

体格と顔があまりにもそっくりな理由は、たちどころに判明しました。

現時点で、その一点だけスッキリ！

しかし、双子の弟を呼んで、ティムはいったい何をしようとしているのでしょう。

私の困惑をよそに、ティムは通りに停めてあった自動車を指さしてこう言いました。

「というわけで、さっそく出発しましょう！　狭いですが後部座席に乗ってください」

いやいやいや！　待って。

自動車に乗れって、さすがにそれは躊躇うわ。

どこへ行って、何をするつもりか、まだ「冒険」の内容について、私は何も聞いていません よ！

確かに、ここまで堂々とした拉致は経験したことがありませんが、とはいえ何も知らずに言いなりになれるほど、私はもはや純朴ではないのです。

そこを私以上に素早く突っ込んでくれたのは、ジェイクでした。

「おいおい、ティム。ちゃんと説明してあげて。俺、誘拐犯になりたくはないからさ」

「あ、そうか。お前と相談し終わったから、全部片付いた気がしてた」

弟と話すときは、私たちに対するときと全然違う、雑な口調のティム。新鮮だし、何だかとてもいい感じです。

しかも、何でもスマートにこなせると思い込んでいた我等がバトラー、ちょっと抜けたところもあるような……。

ティムは小さく咳払いすると、私に視線を向け、厳かにこう宣言しました。

「ブライトンへ、あなたをお連れします」

私は、息を呑みました。

もしかして……まさか、でも。

内心の揺れが、きっと表情にそのまま出ていたのでしょう。ティムはしてやったりの笑顔でこう続けました。

「あなたの『ソウルメイト』に、たとえ短い時間でも会えるよう、そして確実に安全に帰ってこられるよう、弟の自家用車でお送りします。そして、マダムがお目覚めになる前に、ホテルに戻りましょう」

ティムときたら、昨夜、大量のバラの前で私が語ったことを覚えていて、私の力になってくれようとしているのです。

英国在住時のフラットメイトであり、誰よりも近しい存在だった大切な人に、たとえ一分でもいいから会いたい。顔が見たい。

物わかりよく諦めた風に言っておきながら、本当は諦めきれていなかったそんな私の願いを、彼はしっかり拾い上げ、叶えようとしてくれている……。

それに気づいた瞬間、早くも私の目の奥から、涙がぶわっと溢れました。

ティムはクスリと笑って、ティッシュペーパーを差し出してきます。

「涙は、感動の対面までとっておいてください。そんなわけなので、現地で少しでもゆっくりできるよう、一刻も早く出発したほうがよいかと。改めて、冒険の旅に参加してくださいますか？」

そんなの、訊かれるまでもありません。

勿論、と元気よく答えたそのときから、私は再び「バッド・ガール」になり、この旅最後の、そして最高の冒険に出たのでした。

17 バッド・ガール、南に進路をとる

Princess Grandma goes to London!

「僕は運転免許を持っていないんですよ。それで、ジェイクに運転を頼んだんです。二つ返事で引き受けてくれて、助かりました。彼は、しょっちゅうあちこちへドライブしているので、ブライトンに何度も行ったことがあります。安心してください」

ティムの説明をＢＧＭに、彼の双子の弟ジェイクの運転で走り出した自動車は、かの有名な百貨店「ハロッズ」があるナイツブリッジのほうへ向かっていきます。

自動車でロンドンから郊外へ旅したことはないのですが、おそらくルート的には、ナイツブリッジからチェルシー方面へ、そしてどこかで高速道路に入って、海辺の街であるブライトンまでずっと南下するルートを取るのでしょう。

電車は、（少なくとも当時は）ダイナミックな遅延が日常茶飯事であり、しかもルート変更や運行中止の危険性が少なくない。ゆえに行き帰りの所要時間が読めず、ロンドンにスムーズに戻ってこられるかどうかにもいささか不安がある。

かといってタクシーでは金銭的な負担が大きすぎる。

さらに、その両方に、安全面でいささかの不安がある。

夜のブライトン行きにおける大問題を、ティムは身内が運転する自家用車を使い、自分自身がエスコートするという大胆な手段で、一気にクリアしてしまったのです。

凄い！

でも、どうしてそこまでしてくれるんだろう。

私が、「これは、本当はダメなことですよね？」と勇気を出して訊ねると、後部座席に並んで座ったティムは、フフッと悪戯っぽく笑いました。

「ダメどころの騒ぎではありません。本来は、バレたらクビですね」

礼儀正しくも、やはりほんの少しラフな口調なのが、いかにも「業務時間外」な感じでいいのですが……そんなことに萌えている場合ではありません。

「ですよね!? やっぱりご迷惑すぎます。今からでも、中止したほうがいいのでは？」

今さらではありますが、まだロンドン市内を出ていないのですから、引き返すのはそう手間なことではありません。

私が思いきってそう言うと、ティムではなく、運転席のジェイクが、わははは、と豪快に笑いました。

「大丈夫大丈夫、そもそもバラしたのはお前だもんな、ティム」

「えっ？」

驚く私に、ティムはやや気まずげに、胸の前で両の手のひらを上に向け、弁解を始めました。

「その……最初にお詫びしなくてはならないことがあります。昨夜のあなたの話があまりに気の毒で、今朝、ドアマンに会ったとき、つい話してしまったんです。バッド・ガールは、ロンドン最後の夜に、グッド・ガールでいなくてはならないようだよ、と」

「えええ？」

チクられた～!?

思わず驚きの声を上げた私に、ティムは真顔になって軽く頭を下げました。

「申し訳ない。それこそ、バトラーの守秘義務に反します。決して小さくない罪ですが、お叱りは後で。というか、ドアマンを安心させようとして言ったことで、僕がたちまち叱られまして」

「それって、お客さんの秘密をバラしてしまったから、とか？」

「いいえ。正直申しまして、その程度の『秘密情報』は、従業員の間では往々にして共有されるものです。勿論、知っておいたほうが、よりよいサービスに繋がることに限って……という意味ですが」

ちょっと詭弁な気がしますが、いちいち突っ込んでいては話が進まないので、とりあえずスルーしましょう。それで？

「ドアマンは、『何故、お前は平気な顔をしているんだ。それでもバトラーか！』と、僕をどやしつけました。あんなに叱られたのは、十五歳のとき以来ですね。あのときは父親に、でしたが」

いったい十五歳のティムは、何をやらかしたのか。

興味津々ですが、追及している場合でないのが悔やまれます。

「平気な顔って、当たり前じゃないですか。他人事なのに」

「他人事ではないんですよ。今、僕はあなたとマダムのバトラーなので」

「それは、そうですけど」

でも、何もそこまではと言いかけた私を視線で制して、ティムは静かな口調で続けました。

「バトラーなら、あの子がどんなにマダムのために心を砕いて尽くしていたか、見てきただろう。まあ、夜遊びにも熱心だったが、それでも朝にはきちんと身繕いして、マダムに寄り添っていた。そんなあの子の、大事な願いじゃないか。どうしてお前は涼しい顔をして、見て見ぬふりをしようとしているんだ……と」

「あのドアマンさんが、そんなことを？」

私はビックリしてしまいました。

ホテルスタッフの中では、いちばん厳しく、いちばん口やかましいあのおじいちゃんドアマン氏が、私の奮闘を、ずっと温かな眼差しで見ていてくれたなんて。

ティムも、ちょっとしんみりした顔で頷きます。

「ええ、あの人はとても情に篤いんですよ。誰よりも早くゲストの顔と名前を覚え、誰にでも分け隔てなく声を掛け、ゲストのこともスタッフのことも、ひとりも漏らさず見守っています。それが本物のドアマンなんです」

ドアマン氏が挨拶をしてくれるときの、張りのある声。

小言を言うとき、ちょっと身を屈めるのが大変そうな立派なお腹。

見送ってくれるときの、晴れやかな笑顔。

思い出しただけで、勝手に涙が湧き出してきます。

さっきティムから貰ったティッシュペーパーが大活躍です。

ああ、ゴワゴワする。ありがたいけれど、つい日本のティッシュペーパーのよさを痛感するひとときです。

私の涙には気づかないふりで、ティムは明るく手を打ちました。

「というわけで、どうにかあなたを無事にブライトンへ連れていくための方法を、若手スタッフたちと相談しまして。やはり自動車がいちばん確実だろう、それもバイクは事故が怖いので、四輪自動車がよかろうと」

「なる、ほど」

「それで急遽、ジェイクに頼みました。僕がもっとも信頼するドライバーですから」

兄の言葉を受けて、ジェイクはミラー越しに私に笑顔をくれました。

双子の兄とは少し違う、口角の右だけをより高く上げる不敵でワイルドな笑い方です。

「俺ね、十代の頃はレーサーを夢見てたんだ。免許を取るなりバイクで大事故を起こしたから諦めたんだけど、今もドライブは大好きだし、運転の腕は確かだよ」

いや、その情報、むしろ要らなかったかなぁ！

安心と不安が相殺される現状ですが、そういえば、兄がバトラーなら、弟は何で生計を立てているんだろう。

訊ねたら、さすがに失礼かしら。出会ったばかりだもんね。

私の躊躇いは、どうやら言葉以上に雄弁なようです。ジェイクは、サラリと自分のことを教えてくれました。

「今は、『イングリッシュ・ナショナル・オペラ』で、バリトン歌手をやってるんだ」

「はあ!?」

意外過ぎるキャリアに、私はビックリしてしまいました。

ロンドンでオペラといえば、「ロイヤル・オペラ」と「イングリッシュ・ナショナル・オペラ」という二つの団体が有名です。

ジェイクが口にした「イングリッシュ・ナショナル・オペラ」のほうには、すべての演目を英語で上演するという、ちょっと特殊な掟があります。それゆえに、より自国のオペラ初心者に優しく親しみやすいほう、ということになるでしょうか。

それにしても、兄がバトラー、弟がオペラ歌手とは、何という素敵な、面白い双子なんでしょう。

「凄いですね！」

私がそう言うと、ジェイクはかなり大袈裟な調子で、モーツァルトの有名なオペラ「魔笛」の、「おれは鳥刺し」をちょっとだけ気持ちよさそうに歌ってくれました。

それからハンドルを握ったまま、小さく肩をそびやかします。

「ありがとう。けど、まだ大きな役は貰えないんだけどね。パパゲーノみたいに、『俺のことは、国じゅうみんな知っている』なーんて言えるようになりたいね！」

「いい声だから、きっとそうなりますよ」

私は、心からそう言いました。

古いローバーミニの車内に響き渡るアカペラの歌声は、伸びやかで朗々としていて、とてもいい感じだったからです。

「俺の職場には、いい声出す奴と、いい音出す奴と、かっこよく踊る奴しかいないのよ。でもまあ、褒められて悪い気はしないな。もっと聴く？」

「是非！」

私が即座に返事をすると、ジェイクは「じゃあ、ブライトンまで特別公演の開始だ！」

と言うなり、よりいっそう声を張り上げて歌い始めました。

さっきと同じ「魔笛」から、今度はまさかの「夜の女王のアリア」です。

女性のソプラノ歌手が限界に挑戦するような難曲を、うんと音程を下げ、男性の野太い声、しかも英語で歌い上げられると、なんとも奇妙な感じがします。

しかも、車内の色々な箇所が、声に共鳴してビリビリ鳴り始めました。

さすがプロの声量、半端ない。というか、さっきより五倍くらいの圧を感じます。

これで、まだ端役しか貰えないなんて信じられません。とんでもない迫力です。

ただ……車内が狭いので、いささかジェイクの声量がトゥーマッチであったことは認めなくてはなりません。

過ぎたるは及ばざるがごとしとはこういうことか、と私は痛感しました。

いい声なのに。

音程もバッチリ合っているのに。

端的に表現すると、耳への負担が「ジャイアンリサイタル」ばりなのです。

わかっています。プロの歌声をジャイアンの「ボエ〜」にたとえるのは、いくら何でも失礼が過ぎると。

しかし、これはなかなかにつらい。とても、アンコールは求められそうにありません。

「頭が割れそうなので、この歌が終わったら制止してもよろしいですか？」

ティムが大きめの囁き声で確認してきたとき、私は思わず「是非！」と強めの賛意を示してしまったのでした。


私が想像したとおり、ジェイクが運転する車は、M23と呼ばれる高速道路に入りました。ほぼまっすぐ南へ向かう、立派な高速道路です。驚くほど灯りが少ないので驚きますが、道路がグネグネしているわけでなし、しかもどんな車にもライトがついているのだから大丈夫、ということなのでしょう。

ジェイクは、兄に止められてからも歌うこと自体はやめませんでしたが、声量をうんと抑え、鼻歌くらいの感じに留めてくれています。

色々なオペラの名曲から、私がリクエストしたリサ・スタンスフィールドの「チェンジ」まで、何でも歌いこなすさまは、若手といえどもさすがプロ。

ただ、道路状況に関しては、いささか読みが甘かったかもしれません。

「ブライトンは、ロンドンで働く人が住むところだからね。朝夕は混むけど、この時間帯は大丈夫だと思うよ。ぶっ飛ばしたら、最速一時間半くらいで着けるんじゃねえかな」

ロンドン市内を出る頃、彼はそんな風に言っていました。

ところが、何もなさそうな田園地帯のど真ん中で、我々は謎の渋滞に引っかかってしまったのです。

原因は、夜間工事。

なるほど、交通量が減る夜の時間帯に、道路を修繕する工事を行うのは道理です。

今ならば、インターネットですぐに得られる工事情報も、当時はそう簡単ではなく。ジェイクを責めるわけにはいきません。

しかし本人は、とても申し訳なさそうに私のほうへ振り返りました。

「ごめん！　たぶん短い渋滞だとは思うけど、ブライトンに着くのは確実に遅れるわ」

「本当に、短い渋滞なのか？　どのくらい遅れそうなんだ？」

ちょっと尖った声で、兄は弟を咎めます。

あああー、怒らんといたって、お兄ちゃん！　工事は仕方ない！

「いや、そんなの俺にもわかんねえっつの！」

ずっと陽気だったジェイクも、苛立った声で応じます。

そりゃそうだ！　弟、あなたは何も悪くない。

このまま兄弟げんかが始まってしまったら、誰よりもいたたまれなくなるのは私です。

「あの！　大丈夫なので。渋滞はどうしようもないです。必要な工事なんだし、誰のせいでもないです！　そもそもブライトンまで連れていってもらえるだけで、とてもありがたいんですから」

とにかく車内の空気を和らげたい一心で、むしろ三人の中で誰よりも切羽詰まった声を出してしまったかもしれません。

ティムはギョッとした顔で私を見てから、小さく苦笑いしました。

「すみません、つい焦ってしまって。あなたの仰るとおりです。でも、ブライトンまでお連れするだけでは意味がない。サプライズ訪問が成功しなくては」

ジェイクも、持ち前の陽気さを取り戻して、同意してくれます。

「そうそう、サプライズ、いいよな！　大丈夫だよ、安心しなって。この渋滞を抜けたら、遅れを取り戻すためにうんとぶっ飛ばすから」

ありがたいけれど、そこはお気持ちだけで！

是非とも、安全第一でお願いしたく。

「……安全ベルトを締めておきましょうか」

そんなティムの言葉に、「ああ、ジェイクは冗談でなく本気でぶっ飛ばす気だし、それを制止するすべは我々にはないのだな」と察しがつきます。

「了解です」

何もかも、私のためにしてくれていることだ。覚悟を決めねば。

飛行機に搭乗するときくらいの真剣さでシートベルトを締める私の横で、ティムは静かに十字を切っていました……。

その後、渋滞は意外なまでに長く続きました。

道路工事だけでなく、そのすぐ先でそこそこ大きな衝突事故が起こっていたのです。

もはや、不運というしかない状態に、私は「もう諦めましょう」と何度か言いましたが、双子は決して同意しませんでした。

二人のやり取りから、大の仲良しとは言えない、まあ男兄弟ならそんな感じかな、という距離感を感じはしましたが、「いったん始めたことは投げ出さない」というその一点においては、そっくりと言うより他がありません。

渋滞を抜けた瞬間から始まった、私の想像を遥かに超える「ぶっ飛ばし」の追い上げも虚しく、我々がイングランド南東部の海辺の街ブライトンに到着したのは、二時間あまり後。

当初の予定より三十分押しです。

目当ての彼が、まだ仕事中かどうかはわかりませんでしたが、とにかくブライトンマリーナに向かってもらったところ、彼の職場である巨大なスーパーマーケットには煌々と灯りがついていました。

電話では、職場の改装工事が終わり、今夜はリニューアルオープンの準備作業があると聞いていたので、おそらくそれがまだ終わっていないのでしょう。

「おっ、間に合ったんじゃねえの？」

スーパーマーケットの広い駐車場に堂々と車を停めたジェイクは、そう言って後部座席を身体ごと振り返りました。

「行ってこいよ、俺たち、ここで待ってるから」

ティムも微笑んで、言葉を添えてくれます。

「ただし、マダムがお目覚めになる前に戻る必要がございます。差し上げられる時間は長くはありませんが……そうですね、帰りも工事渋滞が起こりうることを考えると、三十分ほどしか」

「十分です！　行ってきます！」

私はシートベルトを外すとほぼ同時に、自動車の扉を開けました。

たぶん、待っていればティムが開けてくれたでしょうが、それを待てないほど、気が逸っていたのです。

「幸運を」

そう言ってくれたのは、ティムだったのか、ジェイクだったのか。

それすらわからないほどの勢いで外に飛び出した私は、冷たい夜の海風を切り裂くように、大きなスーパーマーケットに向かって駆け出しました。

在英時、彼の忘れ物を届けるために何度も出入りした、裏手のスタッフ出入り口が見えただけで、胸に迫ってくるものがあります。

どうか、会えますように。

そんな祈りを胸に、私は重い防火扉を、全身を使って大きく開きました……。

18 バッド・ガール、月に誓う

Princess Grandma goes to London!

入って来たときと同じように、スタッフ出入り口の扉から外に出ると、夜風はさらに冷たくなったようでした。

ここに到着したときから、二十分あまりが経過しています。

二人は自動車の中で退屈しているだろうか。

男兄弟って、お喋りが弾んだりはあまりしなさそうだけど……それは偏見かな。

とにかく、早く戻ってお礼を言おう。お礼だけじゃなく、報告もしなくっちゃ。

私は、軽やかな小走りで駐車場へ向かいました。

ところが！

ジェイクのローバーミニの姿が！　ない！

えええー、待ってるって言ったのに！　どこにも、いない！

私、まさかの深夜のブライトン、しかも中心街からかなり離れたマリーナに置き去りにされちゃった？

そんな極悪非道なプレイ、ある？

いやいやいや、ドラマじゃあるまいし、バトラーまさかの裏切りが過ぎるのでは？

ガランとした広大な駐車場で、私は愕然として立ち尽くしていました。

ヤバい。どうやってロンドンまで戻ろう。

今やすっかり再開発が進んだと聞いているマリーナ地区ですが、当時は不況でバタバタと店舗や映画館が閉鎖され、もはやガソリンスタンドとパブ、それにスーパーマーケットしかないような寂れた場所でした。

物騒さでいえば、ロンドン以上だったかもしれません。

不安が、ジワジワと胸にこみ上げてきます。

どうしよう。

どうしよう。

脳内では、クラリネットを壊したあいつが元気に歌い始めましたが、ええい黙れ黙れ、こっちは死活問題なんだ。

頭のてっぺんから、ヒヤヒヤした嫌な冷感が広がっていくのがわかります。

ショックすぎて倒れそうです。

思わず地面にうずくまろうとしたそのとき、背後から耳慣れた声が聞こえました。

「おや、お早いですね。もっとゆっくりなさるかと思っていました」

振り返れば、奴がいる。

ティム～!!

私の半泣きの顔を見て、笑顔だったティムは、焦った様子で駆け寄ってきました。

「ああ、すみません。急に頼んだもので、ジェイクは今日、仕事帰りに駆けつけてくれたんです」

「……え？　あ、はい？」

「あなたを心配させまいと黙っていたんですが、そのせいでガソリンが非常に心許なくて」

「ああー！」

思わず、納得の声が出ました。燃料メーターに気を配るほど心の余裕がなかった私をよそに、兄と弟は、渋滞の間じゅう、ガス欠の恐怖と戦っていたようです。

ああ、申し訳ないことをしました！

「じゃあ、ガソリンを入れに？」

ティムは頷きました。

「マリーナのスタンドがもう閉まっていたので、離れたところまで行かなくてはならなくて。万が一を考えて、僕はここに残ったんですが、つい好奇心に駆られてその辺をぶらついていたんです。申し訳ありません、驚きましたよね」

「置いていかれたかと思いました」

私が正直に告白すると、ティムは声を上げて笑いました。

「まさか！　ただの散歩です。夜の海はとても素敵でしたよ。ああいえ、あなたはここに住んでいらしたんですから、ご存じですよね」

そう言われるなり、私の胸には懐かしい思い出が蘇ります。

「友達と遊んでマリーナのお家に帰るとき、仕事がなければ、彼がいつも途中まで迎えに来てくれました。海沿いの夜道を、海を見ながら歩くの、大好きでした」

「わかります」

相づちを打ち、ティムはこう言いました。

「少し、その海沿いの道を歩いてみませんか。ついでにタイヤの空気圧も調整してくると言っていましたから、もう少し時間がかかるでしょうし」

素敵な提案ですが、勝手に移動したら、戻ってきたジェイクが困るのでは？

うっかり生き別れになったら、ロンドンに帰るのがますます遅くなってしまいます。

私がそんな懸念を口にすると、ティムは澄ました顔で答えました。

「こういうとき、双子は便利なんですよ」

「え？」

「相手のすること、考えていることが、だいたいわかるんです。お揃いのＤＮＡを持っているからでしょうかね」

「そんなもんなんですか？」

「ええ。昔からそうです。だから、きっと僕の居場所もわかります。ここで待っていても、退屈なだけですからね。どうせなら、あなたの思い出の場所へ行きましょう」

そう言うと、ティムは迷いのない足取りで歩き出しました。

ほんとかな。大丈夫かなあ。

心に不安はありますが、懐かしい場所に行きたい気持ちが勝ります。

私は、かつてルームメイトとそうしていたように、ティムに追いつき、彼と肩を並べて、海沿いの道へと歩いていきました。

ビーチを眼下に見下ろす道路には、私が暮らしていたときと同じように、強い風が吹き付けています。

不思議なことに、日本の海辺のような、いわゆる潮の香りは感じません。湿度が低く、少し寒かったからかもしれませんが。

空の低いところに半月が輝いていて、その白々した光が、細やかな波にチラチラと反射しています。

遠くには、有名な観光施設である桟橋、ブライトン・パレス・ピアがあるのですが、賑やかな照明は落とされてしまい、ただぼんやりとした黒いシルエットが見えるだけです。

道行く人ももはやほぼなく、私たちは並んで静かに海を見渡しました。

「会えましたか？」

ティムは、短く問いかけてきました。

私も、短く答えます。

「会えました。ビックリしていました」

「でしょうね。サプライズ成功ですね」

そこでようやく、ティムは私を見て微笑みました。いつ首尾を訊ねたものかと、彼なりにドキドキしていたのかもしれません。

「凄く喜んでくれて……でも、とても疲れた顔をしていました。他のスタッフの人たちも、みんな。スーパーのリニューアルオープン前夜って、何だか文化祭前夜みたい」

「ブンカサイ？」

「学校のお祭りです。生徒が演劇やコーラス、生け花や演奏の発表会をしたり、ちょっとした露店を出したりするんです」

「ああ、それは楽しそうです」

ティムは笑みを深くしました。クシャッとした、ホテルでは決して見せない笑顔でした。

「楽しいけど大変で。特に前日は、遅くまで準備が終わらなくて、みんな殺気立ってて。あれにそっくりな雰囲気でした。だから、入って行くの、勇気がいったんですけど」

「大丈夫でしたか？」

「ビックリした彼が、駆け寄ってきて私をハグした瞬間に、みんな、わーって盛り上がって。それも文化祭前夜テンションって感じで、楽しかったです」

「では、よい時間を過ごされましたか？」

私は、顎が胴体にくっつくくらい、深く頷きました。

「とっても！　その……本当にもう、彼とはソウルメイトな感じで、恋人とかそういうのではなくなったんです。それでも誰よりも特別な存在なので、会えてよかった。顔を見て、ハグしあって、声を聞けてよかったです」

「わかりますよ。恋愛は必ずしも、人間関係の頂点にあるものではありません」

突然、哲学的なことを言い出した！

キョトンとする私に、ティムは少し恥ずかしそうにこう続けました。

「友情、敬意、思慕、あるいは……ときに強い敵意すら、人と人を強く結びつけるものです。恋愛も、そうした要素のひとつに過ぎません。僕は、そう考えています」

私は、ゆっくりと彼の言葉を噛み砕き、そして、「ああ」と思わず溜め息交じりの声を漏らしました。

そう、それよ。

日本にいて息苦しかったのは、まさにそれ。

十代の頃は「恋人いないの？」と問われ、二十代に入ると「そろそろ結婚しないと」とせっつかれ、男友達と一緒にいると、すぐ「彼氏？」と冷やかされる。

まるで、恋愛をしていないと、さらに結婚・出産という流れに乗らないと、人間として未完成、不十分、欠陥品のように思われるのが、とてもつらかった。

男女同権というわりに、男女間の単純な友情や絆を理解してもらえず、恋愛感情があるに違いないと勘ぐられる当時の空気感が、私にはどうにも苦しかったのです。

ティムにサラリと自分の心を掬い上げてもらえたようで、私は心から、「私もそう思います」と同意しました。

するとティムは、暗い海に視線を戻して、不意にこんなことを言い出しました。

「あなたをここに連れてきた理由ですが。ドアマンにどやしつけられて、反省したというのは本当です」

いきなり、話が戻った。

私は少し驚いて、慌てて相づちを打ちました。

「あっ、はい」

ティムは、月明かりを浴びて煌めく波を眺めながら話を続けます。

「でも、彼に叱られる前から、僕には、あなたをここに連れてきたいという思いがありました。本当です。だから、ドアマンに背中を押され、仲間たちに励まされ、弟の協力も得て、実行することができてよかったと思っています。バトラーとしての自制心を少しだけ忘れることにしたのは、正解でした」

私はますますビックリして、ティムの端整な横顔を見ました。

「どうして、そんな風に思ってくださったんですか？」

「だって、ドアマンが言っていたように、あなたは、マダムのためにたくさん思い出を作って差し上げたでしょう？　マダムは毎日、とても楽しそうに過ごしておいででした」

ティムはそう言って、私を見ました。

「だから、これは僕から……というより、ホテルスタッフ有志からのプレゼントだと思ってください。僕たちは、あなた自身にも、楽しい思い出を作ってほしかった。それも、とびきりの思い出をひとつ、差し上げたかったんですよ」

ティムの目はとても優しくて、穏やかな声は温かくて、私は胸がじーんとするのを感じました。

強い海風に吹かれて肌寒かったはずなのに、心はぽかぽかです。

なんて素敵なプレゼントなんだろう。

「あの、私ね、ブライトンを去る前夜、彼と今みたいにここで、海と月を見たんです」

「月を」

「そのときは、大きな、満月に近い月でした。月は世界じゅう、どこにいても見えるから。夜に月を見るたび、ああ、時間差であいつも同じ月を見るんだな、と思い合えたらいいねって。月に、お互いへのメッセージを託せたらいいねって、そんな話をしました」

「それは、とても素敵ですね」

ティムの言葉に、私は頷きました。

「それが毎晩から数日おきになって、一ヶ月おきになって、とうとうたまに思い出すくらいになるのは、きっと自然なことなんだ。でも、たとえ十年に一度でもお互いを想うことができれば、私たちの心はずっと繋がったままなんだって、彼は言っていました」

「……おや、それはまた、ロマンチックなような、現実的なような」

正直なコメントに、私は笑って答えます。

「聞いたときは私もそう思ったけど、ホントにそうだなって。今夜実感しました」

「と、仰ると？」

「会えて嬉しかったし、楽しかったし、大好きな気持ちは変わらないけど、お互いの心の距離は、一緒にここで暮らしていたときより確実に離れているなって感じたんです。でも、それが意外なほどショックじゃなかった」

「興味深いですね。大好きなのに、心が離れたことが悲しくない？」

「悲しくないです。ちょっとだけ寂しくはありますけど、それってお互い、それぞれの生活が充実してるからこそだなと思ったので」

「ふむ」

「バタバタしてると、一緒にいない人のことが頭から抜け落ちるのは当たり前でしょ。だけど、何かあったとき……つらいときとか、逆に嬉しいときとか。そのことを話したいと思ったとき、お互いの顔が浮かぶような。根っこで繋がってて、特に何もしなくったって支え合えているような。さっき彼に会って、ずっとそんな関係でいられる気がしました」

今度は、ティムが少し時間をかけて、私の言葉を噛みしめる番でした。

海を見て、月を見て、また海を見て、それからティムは私を見て、こう言いました。

「では、月にまつわる思い出に、ごくごくたまにでいいので、僕のことも加えてください」

「えっ？」

「ホテルでの仕事を続ける以上、こんな暴挙に出るのは、後にも先にも一度きりだと思います。それでもこの先、何か勇気を振り絞らなくてはならないときに、僕はこの夜を、あの月を思い出すでしょう。そして、あなたを笑顔にできたことを誇りに思って、一歩を踏み出す力を得るでしょう」

月明かりと、疎らな街灯の光にほんのり照らされたティムの笑顔は、とても晴れやかでした。

「あなたも、たまにでいいですから、僕と……まあ、ジェイクはどっちでもいいですが、こうして秘密の旅をしたことを思い出してください。ああいや、本当は、ホテルに帰った瞬間に、今夜のことはすべて忘れていただいたほうがいいのですが」

どっちゃねん。

でも、ティムの気持ちはとてもよくわかりますし、彼が、今夜の自分を私の記憶に留めたいと思ってくれていることは、物凄く嬉しかったのです。

だから私は、「忘れませんよ」とハッキリ応じました。

「本当に？」

「本当です。勿論、今夜のことは、誰にも言いません。祖……マダムには当然ですけど、ドアマンさんにだって、言いません。大事な思い出として、こっそり抱えていたいです」

「忘れても、構いませんよ。僕が覚えていますから」

「いえ、忘れません。思い出すのは、『ごくごくたまに』になるかもしれませんけど、心から消えることはないです。だって……彼に会えたことと同じくらい、あなたとジェイクが、私をここに連れてきてくれたことが嬉しいから」

「僕も、それを聞いて嬉しいですよ」

そう言って、ティムは少しだけ躊躇い、でもやっぱり、といった感じで、私に右手を差し出しました。

私たちは、初めて、そしておそらくは一回きりの握手を交わし……何となく名残惜しい気持ちで手を離しました。

途端に、やかましいクラクションが道路のほうから響いてきます。

それに続いて、「呑気に海なんて見てんじゃねえよ！　大急ぎで帰るぞ！」という、ジェイクの大きな「いい怒鳴り声」が。

本当に、当たり前みたいに、ジェイクは私たちの居場所がわかったようです。

「ね、双子マジックでしょう？」

ティムは可笑しそうに首を傾げてみせ、ローバーミニの窓から私たちを急かす弟に手を振りました。

「行きましょう。マダムに気づかれないうちにあなたがベッドに潜り込んで初めて、ミッション成功と言えるのですから！」

まるで、「おうちに帰るまでが遠足です」みたいな表現がおかしくて、私は笑いながら、ティムと共にローバーミニの狭い後部座席に身体を押し込めました。

そして、再びとんでもないスピードで走り出した車に悲鳴を上げつつ、懐かしいブライトンを後にしたのでした。

19 祖母姫、最後のランチ計画

Princess Grandma goes to London!

時差ボケの関係で、ロンドン滞在中は、いつも早朝にポカリと目が覚めていました。

ちょうど、祖母が起床してトイレに行きたくなるタイミングだったので、それは我々双方にとって具合がよく。

寝起きで足取りがいつも以上におぼつかない祖母に手を貸してバスルームに連れていき、おめざの緑茶と、日本から持参した梅干しを用意する。

ホテルに備え付けの電気湯沸かしポット(今は日本でもすっかり一般的になりましたね)は、驚くほど素早くお湯が沸くので、祖母が悠々と用を足す間に余裕でお茶の支度ができて、なんて便利なんだろうと感嘆したものでした。

ああ、そんな朝も、これが最後なんだなあ。

ロンドン滞在最後の日、目覚めるなり思ったのは、そんなことでした。

ほとんど旅をやり遂げたという安堵感、そして、不思議な物寂しさ。

まだとなりでむにゃむにゃと寝言を言いながら寝ている祖母の横顔を眺め、「なんで歳を取ったらそんなに鼻が低くなるんやろなー」などと失礼なことを思ってぼんやりする時間が、なぜだか愛(いと)おしく感じられました。

実際、祖母と同じ部屋で共に朝を迎えたのは、その日が最後でした。

この旅以降、祖母と二人でどこかへ遠出することは、一度もなかったからです。

なんでかなあ、なんでもっとあんな風に二人で旅をしなかったのかなあ。

今、この文章を書きながら大きな後悔が胸に湧き上がりますが、これは疑問ではありません。

何故なら、理由は非常にクリアだからです。

ものすごく。

それはもう、ものすごく、たいへんな、旅だったから!

今、こうしてエッセイを綴っていると、あの旅で自分が学んだことや、得たものの多さと大きさにあらためて驚き、打ちのめされる思いですが、当時の私は、それに気付くには若すぎました。

ただただ、口うるさく気難しくわがままな祖母に振り回されている、と感じていました。

本当に、何もわかっていなかったお馬鹿ちゃんでしたね。

彼女の夫である祖父があまりにも早く、私が物心つく前に亡くなってしまったので、「身近な誰かが死ぬ」というのがどういうことか、当時の私にはわかっているようでわかっていなかったのだと思います。

そう遠くない日に祖母を失い、二度と会えなくなる、二度と話せなくなる……そんな危機感は、当時の私には、残念ながらありませんでした。

ただ、無事に祖母を家に連れて帰れそうなことを喜び、でも、「せっかく慣れて上手く回るようになってきた頃に終わっちゃうんだな」と残念がる、まるで中学・高校時代の部活の合宿が終わるときのような心持ちだったように思います。

朝食の席では、お馴染みのスパニッシュ系ウェイター氏が、祖母との別れを惜しみ、やはり特大のメロンと山盛りの苺を用意してくれていました。

「マダム、この朝食が恋しくなったら、いつでも戻ってきてくださいね」

そんな言葉に、祖母も感慨深そうに頷いていました。

祖母はいったい、どんな気持ちでいたんでしょう。

いつかロンドンを本当に再訪するつもりだったのか、あるいはそんな日が来ないであろうことを予感していたのか。

色々な病を抱えつつも、生き続ける気まんまんの祖母でしたから、前者であったと信じたいものですが。

さて、通常の宿泊プランの場合、朝食後、午前十時まではチェックアウト、ということになるわけですが、我々が乗る飛行機は、夕方にヒースロー空港を発つのです。

私だけならば、ホテルに荷物を預かってもらって、ショッピング、あるいは観光に繰り出して、最後の最後まで旅を満喫するところですが、祖母はもはや、明らかに疲れきっていました。

通訳がいつも一緒にいるとはいえ、言葉の通じない外国、食べ慣れない料理、初めての経験の連続では、元気いっぱいでいろというほうが無理です。

この上、夕方まで外で過ごすというのは、祖母にはあまりにも酷だと感じました。

そこで、前もってティムと相談して、しばらくこの部屋に宿泊予約が入っていないこともあり、出発しなくてはいけないギリギリの時刻、午後二時まで部屋に留まることを許してもらいました。

レイトチェックアウトの極みですね。

「話は伺いました。大丈夫ですよ。ご出発まで、ここはマダムのお部屋です。ゆっくりおくつろぎください。ルームサービスでも何でもいつもどおり、ティムにお申し付けください」

朝食後、わざわざ部屋を訪ねてくれた支配人も、そう言って、祖母を安心させてくれました。

「ありがたいわね〜！」

支配人が去り、実感のこもった一言を口にするなり、祖母は服を脱ぎ捨て、ベッドにバッタリ。

まだスーツケースに詰めていなかったパジャマをえっちらおっちら着せつけながら、私はおそるおそる切り出しました。

「あのさ、お祖母ちゃんが寝てるあいだに、私、買い物に出ていいかな?」

祖母は、ほぼ閉じかけていた目を薄く開き、私の顔を見上げました。

「何を買うの」

疲弊していても、ショッピングには興味津々。さすがです。

「んー、マークス&スペンサー。ええと、わかるようにたとえると、イギリスの『いかりスーパー』みたいな、自社ブランドの商品が山ほどあるスーパーやねん」

「わざわざスーパーマーケットに行くの?」

「楽しいよ、イギリスのスーパー。友達へのお土産に、美味しい自社ブランドのショートブレッドとか、お安めの紅茶とか、チョコバーとかが買えて」

「まあ。お友達のお土産に、スーパーの商品だなんて。そんなにお金がないなら、お小遣いをあげないといけないわね」

「大丈夫だって! 高級スーパーだからいいんです〜。っていうか、マジで美味しいんだよ、マークス&スペンサーのショートブレッド。お祖母ちゃんにも一つ、買ってこようか?」

「いえ、結構」

さっくりと断りの返事をする祖母に、私はちょっとガッカリしながらも、もうひとつ、質問してみました。

「お昼、どうする？　食べに出てもいいけど、着替えて出掛けるのはしんどいでしょ。ルームサービス頼んどく？　昨日、サンドイッチが美味しいって言ってたやん。まったく同じもんかどうかはわからへんけど、スモークサーモンのサンドイッチ、メニューにあるよ」

祖母が飛びつくかなと思ってそう訊ねてみたのですが、祖母は目を閉じて、胸の上で両手の指を組み合わせ、まさに「え、死なはったん？」みたいなポーズでこう言いました。

「買ってきてちょうだい」

「ん？　よその店のサンドイッチがいいってこと？　あ、そうだ。マークス＆スペンサーは、サンドイッチのバリエーションも凄くて……」

「サンドイッチはもういいわ。昨日、堪能しました」

ああ、お代わりした分で、サンドイッチ欲は解消されちゃいましたか。

じゃあ、どうしようかな。何を買ってくればいいかな。

私のいちばんのお薦めは、そのへんに停まっているフードトラックで買うケバブなのですが、今の祖母にはちょっと重そう。

一ピースから買える薄くて大きなピザも、同じ理由で、ちょっと。

かといって、いくら軽いといっても、サラダがそれだけで「食事」になる世代ではないし。

うーん、と悩む私に、祖母は神の託宣を受ける巫女(みこ)のように厳粛な表情と口調で、こう言いました。

「お寿司にします」

その瞬間、私はまだこの世に存在していなかったはずの、杉下右京でした。彼の名台詞が、そのまんま私の口から飛び出したのです。

「はいいいぃぃ?」

まさに帰国する日の、イギリス最後のランチに、わざわざお寿司を?

それこそ家に戻ってから出前でも何でも……ああああー!

そうか、祖母は昨日、ロンドン三越の日本食レストランでランチを食べ損ねたことをまだ引きずっているのか……!

今なら、ロンドンでお寿司を買い求めることは、さほど難しくはありません。

日本食レストランが増えましたし、クオリティはピンキリ、しかも外国ならではの斬新なアレンジが加えられていることもあるとはいえ、現地の色々なお店でもお寿司のパックが売られています。

SUSHIと言えば誰にでも通じるほど、お寿司はヨーロッパの人たちに「ヘルシーな食べ物」として、日常的な存在となりました。

柚子(ゆず)やワサビといった和食の食材もかなり手に入れやすくなり、口に入れた瞬間、「おっ」と驚くほど本格的な(そして時には、絶妙に西洋の味と融合した)日本の味に遭遇することも珍しくありません。

ですが当時は、生魚を食べる現地の人はまだまだ少なく、回転寿司のお店がようやく現れ始めた頃でした。

しかも、その回転寿司のレーンに並ぶのは、私たちが思っているような「お寿司」とはいささか違うものが多く……。

おそらく、そうした店のテイクアウトでは、祖母は納得しないでしょう。

私は暗澹(あんたん)たる気持ちで、それでもどうにか祖母を説得しようとしました。

「あのさ、お寿司は帰ってから食べたほうが、確実に美味しいやつが食べられるんと違う?」

「今日、食べたいの」

言うと思ったー!

言い出したらきかないこと、三歳児の如し。

これはもう、真っ先にロンドン三越へ行って、お寿司のテイクアウトが可能かどうか訊いてみるしかないか。

駄目だったら、ジャパンセンターへ寄ってみよう、あそこにもお寿司はあったはず(当時は曜日限定販売でした）だし……と私があれこれ頭の中で算段していると、祖母は再び薄目を開けて、こう付け加えました。

「ちゃんとしたものを買ってきてちょうだい。色々お世話になったから、ここであの方に、本物のお寿司を一緒に召し上がっていただきたいのよ」

「！」

祖母の言う「あの方」が誰をさすのか、私にはすぐわかりました。

ティムです。

いつぞや、ここで日本茶をいただきながら、彼と回転寿司の話をしたことを、祖母はずっと気にしていたようです。

日本人の宿泊客は、間違いなくこれからも、このホテルにたくさんやってくる。そのときに「回転寿司しか知りません」では、一流ホテルのサービスマンの名が泣くでしょう、と祖母はボソボソと言いました。

なるほど、祖母なりに、ティムに感謝の気持ちを形にして伝えたがっているのだと気づいた瞬間、私は「わかった！」と、大きな声で返事をしていました。

「まず、ティムの都合を訊いてみる。そんで、答えがどうあれ、美味しいお寿司を探してくる。もしティムが無理だったら、そのときは二人で美味しいお寿司を食べよう。お祖母ちゃんは、安心して寝とって。オーケー？」

「…………」

返事はありません。

何かご不満でも？　と思ったら、祖母はもう寝息を立てていました。

現在の祖母の可動時間は、地球上でのウルトラマン並みのようです。

お昼までぐっすり眠って、少しでも体力気力を回復してもらわないと、ランチどころではありません。

私は祖母にブランケットを掛けると、お財布の入ったバッグを手に、静かに部屋を抜け出しました。

「おや、今朝はルームメイドを敢えて入れませんでしたが、何かお入り用なものでも？　それとも最終日は、朝からバッド・ガールですか？」

エレベーターホールへ行く途中で出くわしたティムは、イタリア語で書かれた大判の本を何冊か、両手で抱えていました。

おそらく、次の顧客はイタリアの人で、彼らとの話題を作るため、「仕込み」の資料をゲットしてきたのでしょう。

さすがバトラー、頑張ってるな、と思いつつ、私は返事をしました。

「バッド・ガールはもう卒業しました！　グッド・ガールとして、お友達にお土産を買いに、最後のショッピングに出掛けてきます」

そう言うと、ティムはニッコリ笑って「いいですね」と言ってくれました。

「マダムは？」

「グッスリです。少しでも体力を回復してもらったほうがいいと思って」

「そうですね、長旅になりますからね。広いベッドでご出立までゆっくりとお休みになっていただければと」

「ありがとうございます。でも、ちょっとご相談があって……」

「マダム」のたっての望みで、お部屋で最後の記念に、三人でスシランチをできないでしょうか。お寿司は私が今から手に入れてきますので……と持ちかけると、ティムはちょっと驚いた様子で眉毛を数ミリ上げ、「本当に？」と言いました。

この場合は「本気で言ってんの？」ではなく、「そんなことをしてもらっていいの？」のニュアンスです。

「是非にと。あなたに、本当の日本のお寿司を食べてほしいんですって。できる限り、その要望にかなうお寿司を買ってくるつもりです」

私がそう言うと、ティムはすぐにいつもの笑顔に戻り、軽く一礼してくれました。

「喜んで！　あなたをお使い立てするのは申し訳ないですが、僕は恥ずかしながら、スシにはまったく詳しくないものですから」

「そこは任せてください！　頑張ります」

「では、ありがたく。ただ、お客様のお部屋で飲み食いするとなると、一応、上司の了承を得なくてはなりません。でも、マダムのお気持ちを無にするようなことは決して致しませんよ。本物のスシ、楽しみにしています」

「はい、じゃあ、買い物から戻ったら、お電話しますね。それまで、お勉強していてください」

私が本を指さしてそう言うと、ティムは悪戯っぽい顰めっ面で、片手の中指を人差し指に絡める「成功を祈る」仕草をしてみせました。

「僕は、イタリア語の本と格闘を、あなたはスシの入手を。お互い、幸運に恵まれますよう」

「はい！　じゃあ大急ぎで行ってきます！」

同じポーズを返して、私はエレベーターホールに向かって、元気よく駆け出したのでした……。

20 秘書孫、寿司クエスト

Princess Grandma goes to London!

祖母の身体を気遣って、旅行中、移動はひたすらタクシーを使っていましたが、私ひとりなら徒歩と地下鉄とバスでどうにでもなります。

身軽に外に出ようとしたら、やはりというべきか、お馴染みの恰幅のいいドアマン氏に呼び止められました。

「おや、バッド・ガール。またマダムを置き去りに?」

厳めしい口調ですが、綺麗に整えたヒゲに包まれた顔は、冗談八割、本気二割の笑顔です。

「マダムのお使いです。本物のお寿司のテイクアウトを探しにいきます」

そう答えると、彼は「スシならコンシェルジェがレストランを紹介できるのに……」と言いかけて、ふと口を噤(つぐ)みました。

「いや、本物のスシ、しかもテイクアウトとなると、難しいかもしれないね。上手く見つかりますように。でも、どうしても困ったら……」

電話をね、という代わりに、受話器を耳に当てるコミカルな仕草をしてみせるドアマン氏に「わかりました！」と手を振って、私は道路に出ました。

まず向かったのは、やはりロンドン三越です。

今思うとホテルからはまずまずの距離なのですが、イギリスにいると、何故か本当に長い徒歩移動が平気になってしまうのです。

店に入ると、ちょうど目の前に、昨日お世話になった女性店員さんがいて、「あら！」と笑顔で迎えてくれました。

「確か今日、お帰りでしたよね？　何かお買い忘れが？」

「あ、いえ。あの……地下の日本食レストランのことでお伺いしたいことが」

私は、祖母の希望を手短に伝えました。

店員さんはじっと耳を傾けていましたが、私が口を閉じると、控えめな困り顔でかぶりを振りました。

「レストランをお勧めしたのは私なので、ご希望に添いたいと思うのですが……実はお寿司は賞味期限の問題があって、テイクアウトには対応していないんです。その、日本での常識が、こちらではまだまだ通用しないと申しますか……」

ああ、なるほど。

生魚の扱いに慣れていない人なら、にぎり寿司の折詰をテーブルの上にポンと置いて、そのままにしてしまいそう。

顧客の口に入るまでのお寿司の鮮度に責任が持てないのでテイクアウトはやらない、という姿勢は、むしろとても誠実です。

とはいえ、すっかり落胆してしまった私に、店員さんは、心底申し訳なさそうにこう提案してくれました。

「あの、お弁当ではダメでしょうか？　お刺身はつきませんが、それでもきちんとした和食ですし、本当に美味しいですよ。それなら確実にご用意できるんですけど」

今度は、私が首を横に振る番です。

「どうしても、お寿司を振る舞いたいようで。祖母がお寿司と言えば、それはにぎり寿司ですし、妥協できるギリギリ地点は、海鮮ちらし寿司かな、と。あの、日本人なのでにぎり寿司の扱い方はわかっていますし、買って宿ですぐ食べる、でも駄目ですか？」

「うーん……。そうですね。その条件を伝えて、シェフに訊いてみます。少々お待ちください」

店員さんはわざわざレストランまで訊きに行ってくださったようで、私は出していただいたお茶をありがたくいただきながら、ぼーっと待つしかありませんでした。

ほどなく戻ってきた店員さんの表情は、やはりパッとせず……。

「申し訳ありません。やはり、にぎり寿司は現状ではテイクアウトは無理と。ちらし寿司も交渉してみたのですが、ただいま開店準備で取り込んでおりまして」

そりゃそうだ！　ランチ前の仕込みの時間に、いきなり手間の掛かるちらし寿司を三人前だけ作れなんて言われたら、私がシェフなら秒でキレてしまうところです。

それがわかっているのに食い下がってくれた店員さん、もしかしたら、厨房の方に言葉荒く対応されてしまったりしたんじゃないだろうかと心配しつつ、私は席を立ち、彼女にお詫びとお礼を言いました。

「いえ、こちらこそ無理を言って申し訳ありませんでした。たいへんお手数をおかけしました。ご親切が、本当にありがたかったです」

これ以上、お仕事の邪魔をするわけにはいきません。

私はすぐさま店を出ようとしました。すると店員さんが私を呼び止め、小声で耳打ちしてくれたのです。

「ああ、でも……。すみません、これはとても曖昧な記憶なのですが、もしかしたら、あそこがお寿司を始めたかも。噂だけ、ちらっと聞いたことがあるんです。にぎり寿司があるかどうかはわかりませんし、不確かな情報で申し訳ありませんが」

「！」

なんと、そこそこの有力情報が！

今は藁にも縋りたい気持ちの私、「行ってみます！　ありがとうございます！」ともう一度お礼を言い、ロンドン三越を飛び出しました。

目指したのは、本来次に訪ねようとしていた、近くのジャパンセンター（今は移転しています）……ではなく、そのまた近所にあった、ここも今はなき、そごうロンドン店でした。

重厚でデコラティブな建物の前には、イギリス王室のどなたかの寄贈だったと記憶している、躍動感が物凄い、大きな馬の彫刻つきの噴水があります。

その厳かな雰囲気に気圧（けお）され、中に入ったことは、これまで一度もありませんでした。

近づいてみると、お店の入り口横には、建物の規模に似合わないほどささやかなテイクアウトコーナーが！

カウンターの向こうには、日本人とおぼしき若い女性店員さんがひとり、ちょっと暇そうに立っています。

勇気を出して歩み寄り、私はカウンター兼冷蔵ガラスケースの中を覗き込みました。

ガラスの向こうには、小振りな折詰がきちんと包装された状態でいくつか置かれており、その手前には、ジャパンカルチャーの雄と呼ぶべき、実に精巧な食品サンプルが飾られているではありませんか。

あったー！

サンプルは、紛（まが）うことなきお寿司！　お寿司です！

巻き寿司といなり寿司の取り合わせ、いわゆる助六や、生ものが苦手な人のために用意されたとおぼしき精進細巻きのセットと共に、にぎり寿司の折詰もありました！

サンプルを見る限り、ビックリするほど本格的なにぎり寿司です。

白身の魚が何であるかまでは判別がつきませんが、少なくともマグロと海老、そしてサーモンのお寿司があります。

十貫（10pcs）入って一人前。端っこには、ガリ（pickled ginger）と卵焼き（sweet japanese omelette）が添えられる模様。

ふむふむ、日本で買えるお寿司のパックより、ボリューム的には充実しているかも。

喜色満面でガラスケースに見入る私に、女性店員さんは、「やっとお客さんが来た！」という感じの明るい笑顔で、「ご観光ですか？」と声を掛けてくれました。

「はい、観光です。祖母と来ているんですが、どうしてもお寿司が食べたいというので、探していました」

私がそう言うと、店員さんは嬉しそうに胸を張って言ってくれました。

「ですよね！　日本の味が恋しくなりますよね。お寿司、こないだ始めたばっかりなんですけど、とっても好評なんです。よかったら」

彼女に詳しい事情を説明しても仕方がないので、私は曖昧に頷きながら、食品サンプルに添えられた値札をさりげなくチェックして、「うぉ」と思わず小さな声を漏らしてしまいました。

案の定、なかなかにお高い。

いや、正直言って、覚悟していたより、遥かにお高い。

そもそもイギリスでは、外食がとても高くつきます。それに加えて今よりずっとポンドが強い時代でしたから、値札に書かれた金額を日本円に換算すると、たちまち気が遠くなる……ということが頻繁に起こっていました。

友人と気軽なランチを楽しんでいるとき、相手が「ここはリーズナブルなんだ」と嬉しそうに言うその金額が日本円では三千円近かったりして、ああ、と心の中で溜め息をつくことが珍しくなく。

在英時、ジャパンセンターで見かけた一箱千円を超えるポッキーを「食べたいなあ……。でもこれは買えないなあ」と切なく恨めしく眺めていたことなども、コンビニエンスストアに行くたび思い出します。

それはともかく、目の前のにぎり寿司の折は、日本のゴージャスなフレンチレストランでお昼のフルコースが食べられるほどのお値段でした。

普段なら、あっさり「無理」と諦めるレベルです。

しかし！

今日は特別な理由があるのです。

今日を逃せば、二度と開催できないイベントがあるのです。

たとえ規模は極小でも、それは祖母と私にとって、とても大切な計画なのです。

お金は大事ですが、お金を思いきって使うこともまた大事！

最初から、この最後のランチについては、私が奢らせてもらおうと考えていました。

お世話係とはいえ、豪勢な外国旅行に同行させてもらったことについては、当時も祖母に感謝していましたし、ずっと何くれとなく力になってくれたティムにも、祖母だけでなく、私からも感謝の気持ちを形にして示したい。

ならば、買うしかないでしょう。

自分のために買い求めようと思っていたものをいくつか諦めねばならなくても、それがどうした。

私は、ただのにぎり寿司を買うのではない。一生ものの思い出を買うのだ。

そう腹を括って、私は店員さんに、「にぎりを三人前ください」と告げました。

ところが店員さんは少し驚いたように目をみはり、「あら、三人前ですか！　ありがとうございます。ただ、今、にぎりはここに二人前しかなくて……」と言うではないですか。

あああー。ここに来て、また問題が!?

と思いきや、店員さんはニッコリして、店のほうを片手で示しました。

「少し待っていただければ、板前さんにすぐ用意してもらえます。どうせなら三人分、にぎりたてをお持ちになりませんか？」

このときほど、どんより垂れ込めた灰色の雲の間から、金色の陽光が差すような思いをしたことはありません。

「是非！」

すぐさま返事をすると、店員さんは「大急ぎでにぎってもらいますね！」と、こちらも何だか嬉しそうに、店内に駆け込んでいきました。

そこから待つこと二十分。

店員さんは店に入っていったきりで、「これ、防犯上まずいのでは……」と、何となくお店番を引き受けたような気持ちで待つ私のもとに、ようやく折詰を抱えた店員さんが駆け戻ってきました。

相変わらず、気持ちのいいくらい開けっぴろげな笑顔です。

しかも「すぐお包みしますね！」と言いつつ、折詰の蓋に載せたのは、イギリスでは初めて見る、小さな保冷剤ではありませんか。

「それ……もしかして」

私が思わず指さすと、店員さんはちょっと眉尻を下げて頷きました。

「そうなんです。やっぱりお寿司には保冷剤が必要なんですけど、ここにはそういうのがないので、日本から取り寄せてます。お米も折も、お魚の一部も……」

そう言われてしげしげと見ると、折箱はおそらく本物の杉。

なるほど、こりゃ高くなるわけだ、と納得しつつ、丁寧に包んで紙袋に入れてくれたお寿司を提げて、私はすぐにホテルに向かいました。

買い物は最悪、空港ですればいい。

それよりも、一刻も早く、にぎりたてのお寿司を二人に食べてもらおう。そう考えたのです。

部屋に戻って電話をかけると、ティムはすぐに来てくれました。

「上司が羨んでいましたよ。本物のスシを、お客様のお部屋で食せるとはと。本来は謹(つつし)んで辞退すべきことですが、今回は、マダムの優しいお心に添うことこそバトラーの務め、よく学んでくるようにと言われました」

なるほど、ティムは素晴らしいバトラーだけれど、それは先輩スタッフたちが素晴らしいからでもあるのだなあ。

そんなことを考えつつ、彼が緑茶を淹れてくれているあいだに、私は洗面所で祖母の身支度を手伝い、それから部屋の丸テーブルに折詰を並べました。

お寿司をお皿に移すことも考えましたが、この場合、折詰に入れたままにして無闇に触れないほうが、清潔ですし、美しくもあるだろうと。

「まあ、お寿司、あったの！」

着替えて席についた祖母は、お昼寝効果もあり、元気を取り戻していました。日本で見るような本格的な折詰に、お寿司を見る前から期待値がもりもり上がっているようです。

折詰の中身を確かめてはいないんだけど、大丈夫かな。いや、きっと大丈夫！

「あったあった。思ったよりスムーズに見つかったよ」

そう言いながら、ティムに借りたウエッジウッドの小皿に醬油を入れ、割り箸を添えれば、準備は完了。

お吸い物がないのはちょっと残念ですが、そこは許していただくとして。

ティムがお茶を運んできてくれて、それを各人の前に置けば、ちょっとした「お部屋パーティ」の準備は完了です。

「さ、お掛けになって」

ホステスである祖母は、威厳たっぷりの仕草で、ティムに椅子を勧めます。

「お招きに与り、まことに光栄です、マダム。では、失礼して」

ティムは丁重にお礼を言って、椅子に腰を下ろしました。

思えば、彼がこの部屋で「座る」ところを見るのは、これが初めてです。

なんだか新鮮だなあ……などと思いつつ、私も着席します。

丸テーブルなので自然とそうなるのですが、祖母を私とティムでサンドイッチしたような趣です。

ティムは仕事中なので、お酒は厳禁。

熱いお茶を満たした湯呑みを軽く掲げて、私たちはまず「乾杯」しました。

お互いにありがとうを言い合う、和やかな雰囲気です。

私たちにとってはロンドン最後のランチが、とびきり特別なひとときになろうとしていました……。

21 バトラー、寿司ランチに招かれる

Princess Grandma goes to London!

「では、いただきましょうか」

祖母の厳かな言葉を合図に、私たちはほぼ同時に折詰の蓋を取りました。

おお、という声が、全員の口から同時に出ます。

しかし「おお」には、色々な感情が含まれうるのです。

感動もあれば、それ以外も。

私が本当に口走りたかったのは、「レゴブロックみたいやな」という、身も蓋もない印象でした。

そこにあるのは、紛れもないにぎり寿司でした。

ただ、店頭で見た食品サンプルとは、だいぶ印象が違うのです。

確かに、にぎり寿司十貫と卵焼き、そして生姜(しょうが)の甘酢漬けことガリの取り合わせには違いありません。

ネタに使われている魚のバリエーションについても、看板に偽りなしです。

板前さんの名誉のために言うと、どのネタもつやつやで、エッジがキリッと鋭く、新鮮そのもの。とても美しかったです。

ただ、致命的に違うのは……お寿司のサイズでした。

イギリスの外食のボリューム感に合わせたのか、シャリもネタも滅多やたらに大きいのです。

おにぎりとまでは言いませんが、日本の回転寿司で出てくるにぎり寿司の一・五倍はありそうです。

折詰に入れられるギリギリのサイズを攻めているせいで、すべてのお寿司が密着して押し合いへし合い状態。

ゆえに真上から見ると、色とりどりのカラーブロックを敷きつめたようなありさまになっているというわけです。

これは、ちょっとまずいかな。

お寿司を手に入れたときの高揚感はたちまち去り、私の背中はソワッと冷たくなりました。

祖母は自宅に誰かを招いたとき、よくお寿司の出前をとるので、私も何度かご馳走(ちそう)になったことがあります。

丸くて黒い寿司桶(おけ)の中に、十分過ぎるほどの距離を空け、柳の葉のようにほっそりした小振りなお寿司がスッ、スッ、とスマートに並べられているさまを思い出すと、それと目の前のお寿司との差は歴然です。

あれと比べれば、今、目の前にあるお寿司のサイズは三倍かもしれません。

つまり、あの店のにぎり寿司を見慣れている祖母の感覚では、目の前のこれは、まさに超ジャンボ寿司。

たいそう……やぼうございますね。

狼狽えて余計なところで言葉遣いが丁寧になってしまいつつ、いったい祖母がどんな感想を漏らすかと、私はドギマギしながらひたすら待ちました。

しかし。

「……立派だこと」

祖母の口から出たのは、そんな一言でした。

ズバッと「こんなものはにぎり寿司じゃない」と言うかと思いきや、幾重に包んでも芯には含みしかない、それでも表向きは褒め言葉でコメントしてくれてありがとう祖母！

「本物の寿司を振る舞う」と言って招いたティムの手前、幻滅を口にできなかったというところでしょうが、私の苦労も少しは察してくれたのだと信じたいところです。

「もう少し上品な大きさでもいいと思うけれど、お若い方々にはこのくらいがいいでしょうね。さ、召し上がれ」

そう言ってお寿司をティムに勧める祖母の目には、驚きや落胆や憤りといった感情を抑えて、好奇心が煌めき始めました。

いったい、この巨大寿司をティムがどんな風に食するのか、そしてどんな反応を示すのかが、俄然楽しみになってきたようです。

「では、さっそく。実は、さっき調べてきました。日本ではこういうとき、『イタダキマス』と言うんですよね？」

勉強熱心な面を見せつつ、ティムは割り箸を慎重に、そして首尾良くほぼ左右均等に割りました。

祖母は少し心配そうに問いかけます。

「お箸は大丈夫なの？」

「ああ、チャイニーズのテイクアウェイをよく利用するので、ある程度は。日本の方がご覧になったら、こんな感じかもしれませんが」

両手を顔に当て、指の間から見る仕草をしてみせてから、ティムは確かに少しだけ危なっかしい箸使いで、それでも密着寿司の間に箸先をぐいと力強く差し入れ、まずは端っこにあった鯛のお寿司を持ち上げました。

つまむというよりは、若干、掘削の趣ですが、それでも、とりあえず最初の段階、無事にクリアです！

「……こう、すると、日本の行儀作法のテキストで学びました」

これまで見たことがないほど真剣な面持ちで、彼は箸を持っているほうの手を肘から慎重に回転させ、寿司ネタのほうに小皿の醤油をたっぷりつけました。

そういう動き、どっかの工場で見た。ロボットアームがやってた。

そんな感想を胸にじっと見守る私の前で、ティムは大きな口を開け、巨大寿司を丸ごと頬張りました。

祖母、思わず大きな拍手を送ります。

足が不自由でなければ、スタンディングオベーションをしたかもしれません。

「そう、にぎり寿司は嚙み切ったりせず、一口で食べるのが美しいわ。素晴らしい！」

「ほへほ、ほんへははひはひは」

日本語に翻訳するとこんな感じの返事をして、ティムは目を白黒させながら咀嚼を続けました。

たぶん、「それも、本で学びました」と言っていたんだと思います。

祖母は呼吸も忘れて、じっと彼の感想を待っています。

それに気づいていても、咀嚼がなかなか終えられなくて、クールを装いつつも明らかに焦るティム。

ティムが喉に寿司を詰めたりしないか、祖母が静かに窒息死しないかとハラハラして見守る私。

よくわからない感じの緊張が支配する室内で、ティムはようやくお茶の力を借りて寿司を飲み下し、満足だか安堵だかの溜め息をついて、「これがジャパンの本物のスシ、なのですね」と言いました。

いや、微妙に違う。

そうなんだけど、なんか違う。

とはいえ、板前さんが大急ぎでわざわざ用意してくれた、本物のにぎり寿司ではあるんだよなあ。凄くジャンボなだけで。

「これは、ロンドンの、本物のスシ、ですね」

どうにか婉曲(えんきょく)な表現を絞り出した私に、ティムは面白そうな目つきで同意してくれました。

「ああ、なるほど。さすがに他の国においては、手には入らない食材もあるでしょうね。でも、とても美味しいです。少なくとも、スシバーのスシとは全然違う。何が違うんだろう……」

ティムはすぐに次のにぎり寿司に手をつけようとはしませんでしたが、熱いお茶を啜り、コンディションを整えながらしばし考えて、こう言いました。

「そうだ、魚とライスがよくフィットし、調和しています。魚には敢えて味をつけず、ライスには甘くてほどよく酸っぱい、優しい風味のドレッシングがかかっている。そこにソイソースを添えて、最後に塩気を足し、各々が好みのバランスの味わいに仕上げることができるわけですね」

「そんなに真面目にお寿司を考察したことはなかったですけど、言われてみれば確かに」

私が感心して同意し、通訳すると、祖母は姫というより女王の風格で頷き、「やはり、わかる方は仰ることが違うわね」と喜んだあと、こんなことを言い出しました。

「寿司飯がほんのり赤いのは、赤酢を使っているからよ。赤酢は江戸時代から作られていて、原料は酒粕(さけかす)なの。米酢のような鋭い酸味ではなく、優しい酸味と甘みがあるし、旨みも強いから、寿司飯には向いているのよね。ああでも江戸時代は、米酢より安いという理由で使われていたそうで、江戸時代はお寿司もこれよりまだ大きくて、屋台で提供される庶民の味……」

あああー。やめてー。

祖母としては、ティムに少しでもたくさんの寿司にまつわる雑学を教え、これから先にやってくる日本人客たちを驚かせてほしいという、もはや親のような心境でいるに違いありません。

でも、通訳をする私の身にもなってほしい。

今でこそ、日本食は長く続くブームになり、「旨み」という言葉はそのまま「UMAMI」

としてヨーロッパでも定着しています。

スーパーマーケットなどで「UMAMI PASTE」と名付けられた、チューブ入りの出汁のもと的な商品を、ごく普通に見かけるようにもなりました。

しかし当時、少なくともイギリスには、「旨み」なんて概念はなかったのです。

そもそも、「酒粕」って英語で何て言うんや……！

悩みに悩んで、酒粕については「ワインを作るときのぶどうの絞りかす的なもの」と説明してことなきを得たものの、祖母が繰り出す蘊蓄をいちいち英語に翻訳するのは、それはもう大変でした。

「さあ、どうぞマダムたちも召し上がってください」

ひとしきり喋ったあと、今度は逆にティムにお寿司を勧められ、そうだ、と私は祖母に目を向けました。

さっき、「にぎり寿司は一口で食べるのが美しい」と言った手前、祖母も、このジャンボ寿司を一口でいってしまうつもりなのだろうか。

そんなことが、既に一部の歯が人工物になっている祖母に可能だろうか。

ハラハラする私に、祖母は涼しい顔で折詰を押しやり、こう言いました。

「全部、三つに切ってちょうだい」

な、なるほど。一貫を三貫にすればノープロブレム。さすがマダム。

しかし、この部屋には果物用の、なかなか微妙な切れ味のナイフしかありません。にぎり寿司を切断するにはちょいと力不足でしょう。

事情を話すと、ティムはすぐにレストランのシェフからペティナイフとチーズボードを借りてきてくれて、それでどうにか、私は祖母のために、小さなにぎり寿司を量産することができました。

さすがにすべては食べきれず、ペロリと十貫を平らげたティムが手伝ってくれたのですが、そこにも親密さを感じて、祖母はとても嬉しかったようです。

食後に淹れ直したお茶を飲みながら、祖母はしみじみとティムに言いました。

「お寿司を一緒に食べてくれて、本当にありがとう。あなたのためになればと思ったけれど、むしろ、私にとって素晴らしい思い出になりました。生魚が、本当は嫌いだったりしなかったかしら」

祖母の少しだけ心配そうな質問に、ティムは「生魚に抵抗はありません」とハッキリ答えてくれました。

「正直申しまして、大人になるまでは駄目でした。我が家は、肉も魚も野菜も、徹底的に火を通して食べる主義でしたので。でも、友人たちと旅行したイタリアで、生魚のカルパッチョを怖々食べて、その美味しさに驚いたんです。以来、新鮮な生の魚は、むしろ大好きですね」

私の通訳でそれを聞くと、祖母は誇らしげに胸を張りました。

「今日のお寿司のお魚は、紛れもなく新鮮だったわ。イタリアの生魚もいいけれど、日本のお刺身も素晴らしいわよ。いつかきっと、日本にいらして。そのときには、もっと色々なものを召し上がっていただきたいわ」

「ええ、今日のように、マダムの『授業』を日本で受けてみたいものです。……僕はきっと、今日のことを忘れません。スシを食べるたびに、いつもマダムのことを思い出しますよ」

「私も、お寿司をいただくたびに、あなたとこうして大きなお寿司を食べたことを思い出すわ。きっとそのたび、楽しい気持ちになれるわね」

「僕もです。僕のスシの師匠(スシ・マスター)」

そう言って立ち上がると、ティムは祖母に手を差し出しました。

握手かな、と私は思いましたし、祖母もそう思ったでしょう。

でも、こちらは座ったままで失礼して、と祖母が差し出した手を、ティムは恭しく、掬うように取りました。

そして、長身を屈め、祖母の手の甲に、軽く唇を当てたのです。

まるで童話に出てくる王子様が女王様にするような、敬愛のキス。

バトラーからマダムへの、最上級の感謝と尊敬の表現でした。

「どうか、日本までよい旅を。そして、またこうしてお目にかかれる日が、できるだけ近いように祈ります」

すぐに唇は離したものの、手は優しく触れたまま、ティムはそう言いました。

彼の少し照れ臭そうな笑顔と、顔を赤らめ、ときめきを隠せない祖母の少女のような顔を思い出すと、今もなんだか、ちょっと泣きたいような気分になります。

祖母にとって、ロンドンでの最後のランチは、生涯、お友達に自慢し続けた、大切な、嬉しい記憶となりました。

まるで釣り人のように、話すたびにお寿司のサイズは少しずつ大きくなり、最終的には祖母の中で「草履のような」巨大寿司になってしまいましたが、それもまたよし。

あのときの板前さんには、ここでそっとお詫びを申し上げたいと思います。

そこまで大きくはありませんでしたし、とても美味しかったです。

海外旅行先で、わざわざ日本食を食べるなんて……とかつては思っていた私でしたが、この日、認識を新たにしました。

海外で試す日本食、本格的か否かなどという野暮はさておき、なかなか楽しく、面白いものです。

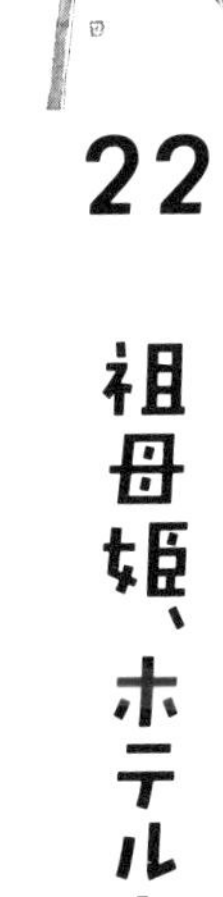

22 祖母姫、ホテルを発つ

「とうとうご出立ですね。お荷物を下までお運びしましょう」

午後二時。

ついにホテルを去るときが来ました。

ティムは、少年のような……いえ、実際十代と思われる、赤い頬をしたベルボーイを連れて来て、彼に私たちのスーツケースを託しました。

そして自分は祖母に腕を差し出し、「では、この旅、最後のエスコートを」と微笑みました。

祖母もすっかり慣れた様子でティムの腕を取り、私はそれを背後から見守りつつ、ついていきます。

この旅の間、何度も見た二人の背中。

長身をさりげなく祖母のほうへ傾け、祖母にあわせてゆっくり、でも自然な足取りで歩いてくれるティムのような気配りを、私もいつかできるようになるだろうか。

数日前にそう言ったら、彼は「それが僕の仕事ですからね」とクールに笑っていました。でも実際は、絶えず人を観察する訓練をしていなければ、顧客が求めるもの、必要としているものが何か、すぐに気づくことなんてできないと思うのです。

たゆまず努力する姿を敢えて見せない美学は素晴らしいですが、同時に、相手にそれを自然に感じさせるような仕事をしなくてはならないのだ、ということを、私はティムから教わりました。

廊下やエレベーターホールに漂う、おそらくはルームフレグランスのスズランっぽい香りにも、これでお別れです。

ところが。

エレベーターに乗った途端、祖母はこんなことを言い出しました。

「最後に階段を下りてみたいわ」

は？

せっかくゆっくり休息させていただいたのに、どうしてわざわざそんな疲れそうなことを……？

私は混乱しましたが、問い質してみると、祖母が言う「階段」というのは、ホテルのフロントから二階へ上がる、それはそれは優美なカーブを描く赤い絨毯敷きの階段のことでした。

そこを下りていくところを、写真に撮って欲しい。

それがこのホテルにおける、祖母の最後の望みだったのです。

「おお、お安いご用です。君は先に行って、お荷物をタクシーに。ドライバーには少し待つようにと伝えなさい」

ベルボーイに指示を出すと、ティムは面倒くさがりもせず、祖母を連れて二階でエレベーターを降り、階段まで案内してくれました。

階段に敷かれた絨毯の毛足が長くて、足を滑らせたら大変だからと、彼は階段の踊り場まで祖母を連れていき、下で待つ私にも、綺麗に撮れる立ち位置まで教えてくれました。

「一度、こういうところで写真を撮ってほしかったの」

祖母はまるで昭和の映画スターかファッションモデルのように、踊り場で優雅に立ち、写真に収まりました。

その後、階段を一歩下りたところで、またパシャリ。

ポーズは素人くさかったかもしれませんが、階段をヨタヨタと頼りなく下りてきたことなど微塵も感じさせない、堂々たる立ち姿だったのをよく記憶しています。

きっとその写真も、祖母がお友達に自慢げに見せたもののひとつだったのでしょう。

写真の現物が残っていないのは本当に残念ですが、少なくとも私が生きている間は、あのときの祖母の晴れ姿は折に触れ、私の海馬の中で光り続けると思います。

親戚は何人もいますが、ロンドンでの祖母の姿を知っているのは、私ただひとり。祖母の記憶を抱いて、背負って、私は今、生きているのだなあ……と、エッセイを書きながら、何度も実感したものです。

その後、私はチェックアウトを済ませ、フロントのスタッフに「よい旅を！」という言葉で送り出してもらいました。

今日も巨大な花瓶に生けられた大量のバラの横を通り抜けて、私はまたしてもティムと祖母の後を追います。

エントランスの回転ドアを抜けると、そこにはいつものドアマン氏の笑顔がありました。彼は、祖母を優しくタクシーに乗せ、そして、もうすっかり慣れっこのやり方でチップを渡そうとした私の手を、一ポンド硬貨ごとギュッと握り、ニヤリと笑って言いました。

「バッド・ガール。マダムと共に、ジャパンまで安全で素晴らしい旅を。そして、次のときには、バッド・レイディになった君に会えることを楽しみにしているよ」

それを聞くなり、胸がいっぱいになって何も言えない私の背中をポンと叩いて、彼は「もう予定の時刻をずいぶん過ぎてしまったから、急ぎなさい」とタクシーのほうに押しやりました。

結局、私は彼に「ありがとう」と「さようなら」しか言えなかったのですが、それで十分だったような気がします。

ドアマン氏が扉を閉めると、タクシーはすぐに走り出しました。

ドアマン氏と、彼に並んで立ち、手を振ってくれるティムが、瞬く間に遠くなっていきます。

さっきまですぐ近くにいた人たちが、ロンドンに来てから毎日会っていた人たちが、おそらくはもう二度と会えない存在になってしまう。

ホテルに泊まって、そんな寂しさを感じたのは初めての経験でした。

きっと、祖母も同じ心境だったのでしょう。

「窓を開けてちょうだい」

切羽詰まった声でそう言った祖母は、タクシーが角を曲がるまで、ずっと二人に手を振っていました。

二人の姿が見えなくなってからも、視界からホテルの建物が消えるまで、祖母は閉めた窓にへばりついていました。

まるで、小さい子供のように、必死の面持ちで。

祖母にとっては、晩年になってできた、忘れ得ぬ「旅の宿」だったのだと思います。

私にとっても、あんなに贅沢な宿はあのとき一度きりの経験でしたし、ホスピタリティという言葉の本当の意味を教えられた、貴重な体験でした。

そういえば、とうとう最後まで、「私、本当はマダムの孫なんです」と言わずじまいだったなあ……。

でも、打ち明けなくてよかったかもしれない、と私は思いました。

もし、孫娘だと知ったら、彼らは私のことも、純然たる顧客としてベタベタに甘やかしてくれたかもしれません。

そうでなくてよかったと、タクシーの座席に深くもたれて、私は思いました。

宿泊客でありながら、彼らと同じ「仕える者」だったからこそ貰えたアドバイスや優しい叱責は、この先の人生で、きっと大きな宝物になる。そんな確信があったからです。

スーツのポケットから出して開いてみたのは、別れ際、ティムがそっと手渡してくれた二つ折りの紙片。

開いてみると、そこには、彼のオフィスの電話番号と共に、こう書かれていました。

「素晴らしいスシランチのお礼に、お二方がロンドンを発つまで、僕はあなた方のバトラーでいます。どうしても困ったことがあったら、お電話を」

ほらねー！

頼りない「若き秘書」である私が酷いしくじりをしないように、最後の最後まで心を繋いでいてくれる、その温かさ。

私が再び祖母と二人きりになって、疲れきった彼女を無事に日本まで連れて帰れるだろうかと心細く思っていることなど、ティムにはお見通しだったのでしょう。

メモには「お電話を」と書いてはありますが、おそらく本当の意味合いは、「ちゃんと見ていてあげるから、頑張りなさい」なのだと、今はわかります。

真剣に誰かを思いやり、サポートすることを知らなかった私に、心構えと目の付け所、自分で頑張るべきことと他人を頼るべきこととの区別を教えてくれたホテルのスタッフみんなに、私はメモを眺め、心から感謝しました。

このメモをお守りにして、私は何としても、祖母を無事に家まで送り届けるのだ。

「ああ、あそこでお買い物したわね。あの店でも。何かまだ買い忘れている気がするけれど、寄り道する時間はないわよねえ……?」

ヘロヘロのくせに、買い物に対する情熱だけは何故か失わない祖母を、「空港にもハロッズがありますよ」と宥め、私は決意を新たに、メモを再び二つ折りにして、ポケットに入れたのでした……。

23 秘書孫、旅のおわりに

Princess Grandma goes to London!

「やはり必要だったでしょう?」

そんなティムの声が聞こえてきた気がして、私は心の中で「それはどうかなあ……!」と返事をしました。

彼のアドバイスで、出発の二日前、航空会社に「可能であれば、祖母のために車椅子を一台お借りしたい」とお願いの電話をしておいたのです。

疲弊した祖母を連れて、空港内をスムーズに移動するには、車椅子が最適です。

本来ならば諸手(もろて)を挙げて「借りられてよかったー!」と歓喜するべきところなのですが、先方が気を遣って用意しておいてくれたのが、まさかの電動車椅子。

私が押さずとも、祖母が手元のレバーで操縦できてしまう優れものです。

だからこそ! 困る!

いくら疲労困憊(ひろうこんぱい)していても、買い物に対する情熱の炎だけは消えない祖母です。

思いのままに車椅子を動かせると知るが早いか、空港ターミナル内に並ぶ店を自ら巡り始めたではありませんか。

ティム～！　確かに車椅子は必要だけど、祖母に翼を授けてしまうと、なかなか大変よ！

私は心の中でささやかな恨み言を言いつつも、最後のショッピングツアーを楽しむ祖母を追いかけ、買い物の手伝いをしました。

といっても、祖母は特に大きな買い物をしたわけではありません。

「余分のお土産が必要になったときのため」に、お菓子や紅茶、あとはちょっとしたコスメをいくつか買い込んだだけです。

たぶん、純粋に「店頭で、自分で何かを選んで買う」という行為を楽しみたかっただけなのではないでしょうか。

そのときに祖母が呪文のように呟いていた「心残りがないようにしないとね」という言葉が、今、私の胸にじんわりと甦（よみがえ）ります。

朝から幾度となく繰り返した「もう疲れたわ、早く帰りたい」と言うのはガチの本音だったのでしょうが、一方、同じ胸の中には、「体力と気力と財力さえ許すなら、この旅を終えたくない。もっと色々なものを見て、食べて、買い物をして、楽しみたい」という強い願いもあったのだと思います。

祖父が亡くなってからは独り身を軽やかに満喫していた祖母も、当時、徐々にあちこちの具合が悪くなり、お稽古ごとも思うようにできず、出掛ける機会も目に見えて減ってきていました。

そんな祖母にとって、ロンドン旅行は、思いきり（私に）我が儘を言い、やりたいこと、行きたいところをがんがんリクエストして、姫として無邪気に野放図に楽しめる最高のチャンス、そしておそらくは最後のチャンスだと、心の底ではわかっていたのかもしれません。決して、認めはしなかったでしょうが。

「あんたも何か選びなさい。買ってあげるから」

祖母はそう言ってくれたのですが、私のほうは、とにかく祖母を無事に、少しでも元気な状態で家に帰さないと、こんなに至れり尽くせりな旅を準備してくれた伯父たちに合わせる顔がない！　という必死の思いでした。

ゆえに買い物にまったく気持ちが向かず、実に投げやりな気分で買ってもらったのは、よりにもよって当時、イギリスのあらゆるところにあった"SOCKSHOP"という靴下やスカーフの専門店（しかも比較的安価でユニークなデザインの商品が揃っていました）の靴下。

「こんなものでいいの？」

私が買った三足セットの靴下を見て、祖母はいかにも残念そうにしていました。

もっといいものを買ってもらえばよかったな。

祖母が「これを空港でね、帰り際に買ってあげたのよ！」と胸を張れるような、美しくて素敵なものを。

エッセイを綴るために記憶をたぐり寄せれば、最初から最後まで、反省しなくてはならないこと、祖母に謝りたいことばかりです。

でも、当時の自分の余裕のなさや視野の狭さや生真面目ぶり、何に対してもひたむきな姿勢は、今の私には眩しく、自分のことながら愛おしくも感じられます。

とにかく、ひととおりの買い物を済ませて気が済んだ祖母を、私は航空会社のファーストクラスラウンジに連れていきました。

そこならば、仮眠スペースがあるので祖母を休ませることができますし、私もしばしひとりの時間を持てます。

何より、出発ロビーへいちばんいいタイミングで移動できるよう、スタッフが知らせてくれるのが安心なのです。

祖母が横になってくつろいでいるあいだ、私もラウンジで飲み物と軽食をいただきました。

日本の航空会社なので、ラウンジ内の食事は、イギリスでも日本のバイキング風。

しばらくぶりに口にした、小さなポーションのビーフカレーが、とてつもなく美味しかったです。お米の炊け具合も最高でした。

ただ、ゆったり過ごすというわけにはいきませんでした。

ラウンジには、私ともう一組しかいなかったのですが、その一組というのが、日本の超有名バンドのメンバーさんたち！

今でも現役でいらっしゃるので名前を出すことはできませんが、プライベートでも華やかに装い、とても楽しそうに歓談されていました。

一方の私はといえば、祖母が仮眠室に行ってしまって、妙に若くて地味な女がぽつーん、という状態。

自分で言うのもなんですが、ひとりでファーストクラスに乗るような人物には、とうてい見えないのです。

我ながら不審者であるがゆえに、居心地が悪い！

あちらのほうも、「お願いですから気にしないでください私は別の世界に生きています」という必死のオーラを放つ私に声をかけるわけにもいかず、かわりばんこにチラチラと怪訝(けげん)そうに視線を飛ばしてくるだけ。

それがいたたまれなさに拍車をかけて、なかなかの苦行タイムでした。

今ならば、スマホを操作してやり過ごすという手がありますが、当時はそんなものはなく。持参の本を読むには、ラウンジのムーディーな照明はあまり向いていませんでした。

小一時間の後、

「まだ十分に余裕はありますが、そろそろゆっくりお支度を始めていただいたほうが」

とスタッフの方が声をかけてくれたとき、心底安堵したものです。

祖母のほうはもう少し寝ていたかったようで、仮眠室から出てきても、まだポヤンとしていました。

それでも、「飛行機で行くより、ここでお手洗いに行ったほうがいいわね」と冴えた発言をして、ラウンジ内のトイレへ。

勿論、私もついていきます。

用を足した後、祖母は手を洗い、鏡に向かって、白粉をはたき、口紅を塗り直しました。

「相変わらず、ちゃんとしてるね〜」

私は感心して、ついそう言いました。

「ちゃんとって？」

「旅行中、毎朝ちゃんとお化粧して髪の毛もセットして、そんで今みたいに、トイレに行くたびにお化粧直してたでしょ。凄いなって。そういうの、私、絶対無理」

私の言葉に、祖母は顔をしかめつつ、ペーパータオルを一枚取って、唇に挟みました。

余分な口紅をそうやって拭き取ってから、彼女は鏡越しに私を見て、とてもシンプルな一言を口にしました。

「必要がないと思うんなら、せんでよろし」

「そうなの？　だってちょっと前に、自信を持てとか、オシャレとかお化粧もしなさいとか、言ってたやん！」

意外なコメントに、私は目を白黒させて抗議しました。

あんなにいいことを言っておいて、もう忘れちゃったのかよ〜という、祖母に対する失望が大いにあったのです。

でも祖母は、真顔で続けました。

「私がお化粧をするのは、いつも綺麗でいたいからよ。みすぼらしいお婆さんと思われるより、なんて綺麗なお婆さんだろうって思われたほうが、気持ちがいいでしょう」

そりゃそうだ。

「いつも最高の自分を他人様に見てもらいたいから、こうしてお化粧も直すの。だって、いつどこで誰に会うかわからないでしょう。運命の出会いを、後悔するような姿で果たしたくないわね」

うおおー。

またもや目に見えない刃がグサグサと我が身に刺さるのを感じつつ、私は祖母の抜けるように白い肌と、赤い赤い口紅を、やはり鏡越しに見ていました。

「あんたは賢いし、英語もペラペラに喋れる。お医者さんになって、男の人とも対等に渡りあえるでしょう。自信を持つには十分なだけのものを持ってます。お化粧もオシャレもしたくない、というんなら、しなくてよろしいわ」

「えええ……!?」

「決して美人ではないけれど見られない顔ではないんだし、そもそも男の人はお化粧なんかしないいんだから、素顔が見苦しいなんてことはないのよ」

祖母はそこで言葉を切って、「でもねえ」と、振り返り、今度は直に私を見て言いました。

「前にも言ったけど、あんたに足りないのは、自信です。見ていたら、自信がないだけじゃなくて、自分の値打ちを低く見積もってるわね」

思ってもいない方向から刺し貫かれてギョッとする私に、祖母はやけに静かな口調でこう続けました。

「謙虚と卑下は違うものなの。自信がないから、自分のことをつまらないものみたいに言って、相手に見くびってもらって楽をしようとするのはやめなさい。それは卑下。とてもみっともないものよ」

それは確かに、私がお稽古ごとの教室や職場でいつしか身につけていた、小ずるい行動原理のようなものでした。

できない、わからないふりをしておけば、相手は安心して私を見下し、何かが少し上手にできれば、大袈裟に褒めてくれる。

私も相手もハッピーになれるんだから、それでいいじゃない。

自分ではハッキリと気づいていなくても、確かに私はそんな風に振る舞っていました。

それを、祖母は見事なまでに言葉で指摘してみせたのです。

待って待ってお祖母ちゃん。

私のライフは一瞬でゼロどころかマイナスよ。

この旅の間、若い私が傲慢にも「お世話してあげている」と思っていた祖母は、とてつもなく冷徹に私を観察し続けていたようです。

後頭部を全力で殴られたような衝撃を受け、私は早くも半泣きでした。

でも祖母は、これが最後のチャンスだと思ったのか、攻撃の手を緩めてはくれませんでした。

「楽をせず、努力をしなさい。いつも、そのときの最高の自分で、他人様のお相手をしなさいよ。オシャレもお化粧も、そのために必要だと思ったらしなさい。胸を張って堂々と、でも相手のことも尊敬してお相手をする。それが謙虚です」

祖母はそう言って、口紅を私に差し出しました。

「塗ってごらん。背筋がシャンと伸びるから」

いや、そんな赤い口紅なんて無理無理。

なんてことは言わせない迫力が、そのときの祖母にはありました。

私は祖母の手からそっと口紅を受け取って、鏡に向かって自分の唇に塗ってみました。

黒い容器は、私ですら知っているシャネル。

唇に塗ると強い匂いがして、吸い込む空気が石鹸みたいな味になりました。

そして、鏡の中の私は……。

オバケのQ太郎。それ以上でもそれ以下でもありません。

あははは、これは無理だよ。

泣き笑いでそう言いながらも、何だか少しだけ、強くなれた気がしました。

祖母は、私が返した口紅をハンドバッグにしまいながら、澄ました顔で、「そのうち、似合う顔になります」と断言しました。

残念ながら、祖母の予言は未だ当たっていません。

あんなに赤い口紅が似合う顔には、未だになれていないようです。

でもあれから、私は人前に出るときの服装にはそれなりに気をつけ、お化粧も軽くするようになりました。

どちらも仕方なくではなく、他人様にお会いするとき、気持ちのいい自分でいられるように、楽しんでやっています。

たぶんあのときの祖母の言葉がなければ、「それが礼儀だから」とか、「スッピンはみっともないから」なんてつまらない考えで、ほしくもないありきたりの外出着を買い、いやいや化粧道具を揃えていたことでしょう。

正直言って、こんなに素敵で大事なアドバイスを貰っていたことを、私はこのエッセイを書くまでコロッと忘れていました。

でも、あのときの祖母の言葉は、どんな長いお説教よりも激しく、私の卑屈な性根を叩き直してくれたようです。

以来、少しずつではありますが、私は「祖母が認めてくれた私」をみずからもまた認められるようになりました。

いつか、祖母のような姫……には逆立ちしてもなれないと思いますが、あんな風に誇り高く生きてみたいものだ、と願います。


この、短いのに長い旅の記録は、これでおしまいです。

帰りの飛行機、祖母はたまに起きて何か飲んでつまむくらいで、ずっと眠り続けていました。

私は道中は一睡もできず、空港に出迎えに来てくれていた伯父たちに祖母を託し、両親と自宅に帰ってから、ぷつりと糸が切れたように寝こんだ記憶があります。

祖母の晩年は、多くの認知症の患者さんがそうであるように、怒りと混乱と悲しみの日々でした。

介護する施設の方々や母たちの苦労もさることながら、自分が自分でなくなっていく過程は、誇り高い祖母にはどれほどつらかっただろう、と思います。

私が晩年の祖母にあまり会おうとしなかったのは、共に旅をしたときの祖母の姿だけを、ずっと記憶に留めていたかったからかもしれません。

祖母ならば、衰えた自分を見てほしくないと願うのではないか……という思いもありました。

今でも正直、最晩年の祖母と疎遠になったことを反省する気持ちと、それでよかったのだと思う気持ちがごちゃ混ぜのままで胸の中にあります。

でも。

この世で私だけが知っている、ロンドンで本物の姫さながらに過ごした祖母の姿は、今も私の中で、明るく、眩しく、朗らかに輝き続けています。

一緒に旅ができてよかった。

ううん、一緒に旅をさせてもらえて光栄でした。

本来なら、いつの日か私と一緒に消え去るはずだったささやかな記憶を、こうして綴ることで色んな方と共有できたのも、なんだか不思議で、とても嬉しい経験でした。

読んでくださった方に心から感謝して、記憶の箱に、再び静かに蓋をしようと思います。

またね、お祖母ちゃん。

IMMIGRATION OFFICER
* LONDON *
PRINCESS GRANDMA
GOES TO LONDON!
HEATHROW

初出
ステキブンゲイ（https://sutekibungei.com）
「晴耕雨読に猫とめし」連載より
〈自己肯定感の話〉①～⑲（二〇二二年六月～二〇二二年一〇月）
を加筆修正の上、大幅な書き下ろしを加えたものです。

槙野道流（ふしの・みちる）

兵庫県在住。一九九六年「人買奇談」で第三回ホワイトハート大賞エンタテイメント小説部門の佳作を受賞。同作に始まる「奇談」シリーズが人気となりロングシリーズに。また法医学者、監察医としての経験を生かし、「鬼籍通覧」シリーズなどのミステリも発表。ほかに「最後の晩ごはん」「ローウェル骨董店の事件簿」「時をかける眼鏡」各シリーズ等著作多数。四匹の先輩猫と、最近保護したちびすけと暮らしている。

祖母姫（そぼひめ）、ロンドンへ行く！

二〇二三年四月二十五日　初版第一刷発行
二〇二四年八月十一日　第十二刷発行

著者　槙野道流
発行者　庄野　樹
発行所　株式会社小学館
〒一〇一－八〇〇一　東京都千代田区一ツ橋二－三－一
編集　〇三－三二三〇－五六一六　販売　〇三－五二八一－三五五五
DTP　株式会社鷗来堂
印刷所　萩原印刷株式会社
製本所　株式会社若林製本工場

ISBN 978-4-09-389113-4